スタンド・バイ・ミー

山本洋
You Yamamoto

冬花社

スタンド・バイ・ミー

表紙絵　宮原青子
装幀　小沼宏之

夕暮れ時に

ゲートボール場はつい最近まで夏の日差しに白い砂が反射していた。十月も半ばになって、朝夕は冷たい風が吹くこともある。南側にある桜の樹は、上の方がすっかり葉が落ちて、小さな芽が固まり、冬支度を始めている。桜の樹は、夏の間老人達に格好の木陰を提供していた。日中の光のコントラストは、秋になった今も、その残像を呼び起こすほど強烈な印象を残していた。

「こら、何やってんだよ。それ叩いちゃだめじゃねーか」

午前九時、老人達の集まるゲートボール場では、こんな声が飛び交う。

一郎は、もう喜寿を過ぎたが、この地域のゲートボールチームの中では一番腕がいいと噂されている。赤く日焼けした顔は、柔和でいながら、左目の義眼のせいか眼光は鋭く見える。

他の老人達も、一郎には一目置いていて、プレイ中につまらないことで諍いになっても、一郎が出てくれれば収まってしまう。三時間あまり、ゲートボールチームの練習が続き、昼には三々五々自転車に乗って帰って行く。

夕方になると、ついさっき飛行機雲が東の空に向かって走った跡をなぞるようにコウモリが飛び始めていた。独特の飛び方で、時々落下するような形で飛び回るコウモリたちの姿。以前は、殆ど見られなかったその姿も最近は棲み家も増えたのか、よく見かけるようになった。

午後の練習は、暑さのためにぐっと人数が減るが、特別な用事がなければ一郎はだいたいその中にいた。

一郎は皆が退けた後、スティックを腰に当てて、空を見上げるような姿勢でストレッチをやり、帽子をかぶり直す。自転車に乗って、そこから五分の自宅まで帰る。

家には息子夫婦と二人の孫娘がいる。一人は小学校三年生、もう一人は幼稚園生だ。二人とも顔立ちは息子の嫁に似て器量が良い。かわいい盛りで口も達者だ。

「今日はおじいちゃん、ゲートボール勝ったの？」

上の孫娘の美紀が一郎の膝の上に乗りながら聞く。家に着いて、暫くはこうして孫達と遊ぶ。

妻のサヨに先立たれてから、一郎はゲートボールに支えられて生きてきたようなものだ。サヨは七十歳の時に肝臓癌で死んだ。癌が発見された時には、もう末期で手の施しようがなくなっていた。しかし、末期癌のわりには進行が遅く、診断の間違いではないかという希望を持ったくらいだった。しかし、癌は着実に進行を続け、一年半後にサヨは樹木が少しずつ衰えてゆくように衰え、静かに息を引き取った。その頃は、食事も喉を通らず、いったい何の力で生きているのかと皆が訝しがった。

この頃、一郎は思うことがある。

――人間最後に行くのは同じ所だ。何も怖いことはない――

孫娘の頭を撫でながら、自分の死後をシミュレーションしてみる。

悲しむ息子の姿。親戚たちの姿。孫娘たちが「おじいちゃんどこ行ったの？」と母親に聞いている。

そして、歳月が経ち、静かな生活が繰り返される。自分のいない生活は何も以前と変わりない。これが平和というものだと思う。若いということは、この何も変わらない平和に自分が関わることで変化をつけることだった。しかし、今はこれでいいのだと思う。どこまでも続いていく同じことの連続。そして、少しずつ時間が変化をもたらしていく。

夕闇が迫っていた。自分が窓の外に見える美しい朱色の夕空に随分近づいたなと思える。

電気の点いた明るい部屋の中に、嫁の加世子が下の孫娘の由紀と一緒に入ってきた。何か喋っているようだが、声は聞こえない。一郎のスイッチが切り替わり、現実に戻る。これは、この頃になって一郎が気づいたものだ。少し先のことが、ほんの少しだけ見えるようになった。それがどのくらいの時間なのかは分からないが、そこには音がないから、すぐにそれと分かった。音のない世界の中で、この時間が次第に長くなっていくように思う。

「おじいちゃん、なにやってるの？」

少し遅れて、その声と同時に入ってきたのは、やはり加世子と由紀だった。今度は現実だった。電気は上の孫娘の美紀がつけたのだろうか。明るい部屋の中にもう一度同じシーンが繰り返されるのは、ビデオのリプレイのようだと一郎は思う。

「今行こうと思っていたんだよ」

加代子と美紀はそのまま台所に向かい、由紀が後から着いて行く。その後を一郎がそっと歩いて行く。

食卓に着くと、煮物のいい匂いが漂っていた。一郎の好きな蓮根の煮物。そして、子どもたちのハンバーグ。加代子は二通りのメニューを忙しい日課の中でも必ず用意した。間もなく和之が帰ってくる。

和之はコンピューター関係の仕事で、東京まで電車通勤している。今までは、午後九時過ぎにならなければ帰ってこなかったのが、不況で仕事量が減ったのか、この頃は帰りも早く、平日でも休んでいることがある。その代わりに、家にいても電話が掛かってきて、すぐに出掛けなければならないこともあるようだった。

「ただいまぁー」

玄関先で声がすると、二人の子どもが「あっパパだぁ」と言って走って行く。加代子は、すぐにフライパンで、和之の分のハンバーグを温める。その手際の良さを見ていた一郎は、つくづく息子にはいい嫁が来たと思う。

サヨが生きていた頃は、加代子もこんな余裕はなかった。

一郎は、その頃住んでいた東京の下町で、世話好きなおばさんの紹介で見合いして同じ年のサヨと一緒になった。同じ年だということで心配する向きもあったが、本人達は気が合っていた。

一郎は、戦後間もなくして長崎の鉄工会社に勤めたが、その工場が藤沢にもでき、そこに移ってからのサヨと二人の生活は、時代とともに次第に豊かなものになっていった。和之が生まれたのは、今住んでいる家が建った翌年だった。それまで一郎も必死になって働いたし、サヨも内職をして夫を助けた。

一人息子の和之が生まれてから、二人の生活はそれまでのがむしゃらな生活から、少しスピードが落ちたように思えた。

和之が中学を卒業し、高校を出て、大学を卒業する頃は、一郎も藤沢工場を任される立場になっていた。そして、息子の就職と結婚。息子夫婦は、近くの賃貸マンションに別居した。人生の大半の行事が終わり、間もなく一郎も会社を引退した。

一郎が会社を引退して五年の間、夫婦二人だけの平和な時間が過ぎた。

サヨが六十五才の時、自転車で買い物に出掛けた帰りに道路で転倒してしまったことがある。ひどく寒い日で、買い物籠からこぼれる荷物を庇っていて手を出せなかったのだろうか、頭を直接道路に打ちつけて頭部からの出血がひどく、近くで見ていた人の計らいもあって救急車で病院に運ばれた。

小さな外科の病室で、一郎達が駆けつけると、サヨは包帯を巻いた頭を気にしながら、無理に笑おうとした。怪我自体はたいしたことがなかったらしく、翌日退院した。

病院は一通りの検査をした様子だったが、その時のサヨの意識がしっかりしていたこともあり、特に異常はないということになった。暫くは、サヨも一郎もそのことを忘れてしまっていた。

それから一月ほど経ってから、サヨの様子がおかしくなった。

庭の木瓜の薄桃色の花が咲いている、三月のある朝のことだった。

「ねえ、いつか一緒に行ったお店のこと覚えてる？」

「なんだ、突然。いつかって、いつ頃だよ」

「まだ、東京に住んでいた頃、二人で鰻屋さんに行ったじゃない」

「そうだったかな」

「夫婦二人で経営していて、小さな店だったけれど、とてもおいしかったわ」

「それがどうしたんだ？」

「もう一度行ってみたいわ、あのお店」

「あのあたりはもう随分前に再開発されているから、そんな小さな店は残っていないさ」

そんな普通の会話だったが、一郎はその時、サヨの中に何かが訪れたことを敏感に悟っていた。

翌日もサヨは同じような話をした。

「いつか一緒に行ったあのお店、今もあるかしら？」

「またか。おまえ、昨日から昔のことばかり言って変だぞ」

「昨日私そんなこと言ったかしら？」

「鰻屋のこと言ったじゃないか」

そう言った途端に、サヨの顔色が曇ったのを一郎は見た。

――やっとのことで息子を育て上げ、これから二人で残りの人生を楽しもうという時に――

一郎は密かにそう思い、その思いが杞憂であることを願った。

日曜日のことだった。午後になって、息子夫婦が遊びに来ることになり、サヨは準備のために近くのスーパーに買い物に出掛けたまま帰らなかった。

一郎は息子夫婦と三人で、帰りの遅いサヨの異常に気づいて、近所や寄りそうな所に片っ端から電話を掛けたが、どこにもサヨはいない。

夜になって墨田区の交番から電話があった。

巡査の話によると、サヨは夕方になってそこらあたりにはない「いろは」という鰻屋の場所を聞きに来たらしい。その聞き方が妙に執拗で、若い巡査もすっかり困ってしまった。どこから来たのかと訪ねたら、藤沢からだというので、一人できたというのも変だと思い、さりげなく電話番号を聞いて、こちらに電話したのだという。そのまま帰らせても良いが、心配なので電話したということだった。

一郎は、若い巡査の機転に謝辞を述べ、すぐにこちらから向かうので何とか引き留めておいてほしいと依頼した。そして、事情を和之夫婦に話して、三人でそのまま東京に向かった。すっかり予定の狂ってしまった三人は、電車に乗って、おのおの別々の方角を見ながら、これからのことに思いを馳せていた。

交番でのサヨは気のいい若い巡査相手に世間話がはずんだらしく、意外にさっぱりしていた。

「三人そろってどうしたの？」

サヨの最初の言葉に、一郎も和之も言葉を失った。

「お母さん、今日遊びに行くからって言っておいたじゃないか」

和之がやっとという感じでそう言う。

「だっておまえ」

そう言いかけて、サヨははっと我に返ったようだった。そして、何日か前に一郎に見せたのと同じ曇った顔つきを見せた。

四人で藤沢に着くと、一郎の提案で、どこかで食事をしていこうということになり、駅前の鰻屋に寄った。

「食べたがっていた鰻でも食べよう」

一郎がそう優しくサヨに言うのを、和之はじっと感慨深げに見ていた。

サヨはそれからもたびたび行方不明になった。東京まで行くことはなくなったが、近くで帰り道を見失うといったことが続いた。

一郎は、それが自転車の転倒事故が原因ではないかとは思ったが、サヨが自分でしたことでもあり、あの時の医師の判断では、異常が見られなかったのだから仕方がないと諦めた。検査に異常が見られない以上、医師も何とも説明のしようがないだろうと思ったからだ。

サヨがそんな状態になったので、和之夫婦も同居し、加世子は老人二人の食事の面倒を見た。おかしいとは言っても、彼女は家の中では意識はしっかりしていて、話している言葉にもあまり矛盾はなかった。それはいいことには違いなかったのだが、特に生活面に関しては、細かく監視しているようなところがあり、加世子にとってはかなりやりにくかった。食事のメニューにけちをつけたり、掃除の仕方や和之のワイシャツのアイロンのかけ方にまで口を挟み、たまりかねて加世子が反論すると、自分が呆けていると思って軽んじていると泣く振りもした。

一人目の孫娘の美紀が三歳になり、嫁の加世子もやっと子育てに一息つける頃になって、サヨの肝臓癌が定期検診で見つかった。

医師との面談には、和之と一郎の二人で出た。医師は一郎よりやや年下の六十代の医師だったが、柔和な顔つきの中に鋭い瞳を持っていた。医師は、二人に向かって静かに、しかしきっぱりとした口調で言った。

「申し上げにくいことですが、ご夫人の病状はかなり進行しています。はっきり申し上げれば、肝臓の末期癌です。摘出は不可能ですから、手術はできません。抗ガン剤も、ご本人を苦しめるためだけのような形になるのでお薦めできません。ですから、週に何回かの通院による放射線治療のほかには打つ手がありません。しかし、それも末期癌の進行を止めるという目的のためだけのものです。ご承知ください」

医師のこの言葉を聞いて、サヨの運命は半ば天に召されつつあるのだと理解するほかなかった。今までの人生の伴侶だったサヨが、確実に死に向かって急いでいる。その事実は、一郎にとって、自分が生き残るという事実よりも、置き去りにされるという不安感を多く伴っていた。戦友達が皆死んで行き、自分だけが生き残ったあの時と同じだと一郎は思った。

放射線治療の度にサヨは弱っていくように思えた。はじめは一人で通うと強気だったのが、一郎の運転する車での通院になり、治療を終えた後、帰りの車の中では眠りに就くことが多かった。家でもサヨはほぼ寝たきりの状態になっていった。

それまでのサヨの行方不明事件の頻発は、こうして動けなくなることへの無意識の抵抗だったようにも思われた。一郎はそんなサヨに自分の近い将来を二重写しにした。加代子は、そうなってからのサヨの面倒をよく看てくれた。ぎすぎすしていたものがあったサヨとの間に、信頼のようなものが芽生えたのも、加代子の献身的な看病のおかげだった。

サヨの胃は水気の多いお粥のようなものしか受け付けず、よくこれで一日持つなと思われるほどの少量を彼女は時々涙を流しながら食べた。こんな僅かな水分で、一日を殆ど動かずに生きている彼女の姿は樹木のようだと一郎は思った。そんな姿のまま、サヨは一年半の間生きた。

「ごめんねぇ、加世子さん。こんな姿になって生き延びて」

珍しくはっきりした意識でそう言った言葉が、加世子の心の中に残った。そして、今まで自分がサヨを遠ざけようとしてきたことを彼女は恥じた。下血した下着の交換は、一郎にさせてはならないと、加世子はサヨの女性としての気持ちを最後まで大切にした。

ずっと眠ったままで時々目覚めるサヨが衰弱していく様子は、むしろ静的だった。最後に、サヨは「水」と微かな声で言い残して息を引き取った。一郎は、持ってきた吸い呑みの水をサヨの口元に持っていき、軽く注いだ。サヨの表情がその時微かに緩んだように誰の目にも見えた。


ゲートボールチームに誘われたのは、その後間もなくしてからだった。町内会の会計に加世子が選ばれたこともきっかけにはなったが、何よりも沢山の仲間と一つのゲームに取り組めることが魅力だった。

しかし、いざ始めてみると団体競技の割には個人攻撃のしやすいゲームでもあり、必ずしもさっぱりと汗を流すスポーツではないことも分かってきた。

それでも、ほぼ同年代の老人たちとの交流は、一郎にとっては一日の生活にメリハリがついて良かった。今ではすっかり習慣になってしまい、チームの中でも比較的穏和な一郎が仲間の求心力になっている。

ゲートボール場の老人達は、久しぶりの小春日和に少し浮かれていた。空を飛行機雲が音もなく渡っていく。暫くして音がついてきた。その時だった。飛行機のジェットの音に紛れるように、一人の老人が倒れた。

「島田さん、島田さん！」

近くにいた木下の婆さんの声が次第に大きくなる。

皆はゲームを中断して、コートのほぼ中央で倒れている島田の周りに集まった。

島田は倒れていてもスティックを離さない。顔色が見る見る青ざめていき、額に汗が滲んでいた。何度呼び掛けても返事がない。

「救急車、救急車!!」

一郎は一番近くに住む富田に叫んだ。富田は慌てて走り出し、家に向かった。

間もなく、けたたましいサイレンの音が聞こえ、救急車が到着した。

島田は、担架に乗せられる。救急車には一郎が付き添った。

車の中で、救急隊員の一人が仰向けに寝た島田に話し掛けながら、胸のあたりを両手で押して、蘇生法を試みていた。

　もう一人の隊員は、一郎に島田が倒れた時の様子を聞いた。近くの病院にすぐ入り、医師達が駆けつけた。ストレッチャーに乗せられた島田は、見る間に手術室の中に消えていった。

　控え室に残った一郎は、島田の容体がただごとではないのが分かっていた。

　間もなく駆けつけた島田の親族は、皆悲痛な顔つきで、控え室の椅子に座って黙り込んでいた。息子は咳払いばかりしながら、そわそわと廊下を歩き回っていた。

　手術室のドアが閉められたままなのを見て、一郎は何も言えなかった。

　間もなくしてトイレに立った時、一郎は、島田がストレッチャーの上に乗せられて運ばれて行くのを見た。顔の上には白い布が被せてあった。ふっと貧血のような感覚の中で訪れた音のないその幻影は、近い未来を予感するものだった。できれば、自分だけの幻であればいいと思った。

　そして、それから一時間後、手術室から出てきた医師が暗い顔つきで親族を中へ導き入れた。そして、一郎にも中に入るようにと誘いがあった。中では島田の眠るベッドに突っ伏して泣いている息子の姿があった。

「ご臨終です」と医師が小さな声で呟いた。

　一郎は、やはり当たってしまったのだなと思った。

あっという間の出来事だったような気がした。島田がいつか言っていた言葉を思い出した。一郎の胃の中にポリープができていることが検査で分かった直後で、少し気持ちが沈んでいた時だった。

「井上さん、思い煩うことないよ。ある人が言ってたけどね、死んでも、天国に行けば花畑があってとてもきれいでいいし、地獄へ行けば知り合いがいっぱいいて、それもまた楽しいんだって。生きていれば生きていたでそれもまたいいし、俺たち年寄りは、どんな風にも自分の身の上を受け容れられるところがいいんだってね。なんだかちっとも慰めになってないけど」

そう言って島田は陽気に笑っていた。

一郎のポリープは悪性ではなかったために、投薬で済んだ。あの島田が、自分さえも予測しないうちに、他界してしまった。人生とは皮肉なものだ。島田は何も考える暇なく死んでしまった。そんな死に方もいいのかもしれないと一郎はふと思った。

一週間ほどして、ゲートボール場に行ってみると、皆の様子に生彩がなかった。島田のいないのが影響しているのに違いなかった。

一郎は、プレイが終わった後、椅子に座りながら島田の話していたことを話した。皆はその話を聞いて、顔をほころばせた。

「島田さん、そんなこと言ってたんだねぇ」

元小学校教師の木下の婆さんが感慨深げに言う。

「俺たちも、思い煩わねぇで、何でも受け入れる覚悟しなくちゃなんねぇかなぁ……」

富田の声は不安混じりだった。

夕方になった。いつもは飛んでいたコウモリも冬眠に入ってしまったのか、すっかりなりを潜めてしまった。一郎にはそれがとても寂しく感じられた。

コウモリは、四月頃再び現れるだろう。その姿を自分は来年も見ることがあるのだろうか。最近になってそんな風に物事を考えるようになった。

自分の人生にタイムリミットが近づいている。その事実が妙にリアルに感じられることが多くなった。その時のために何をしておいたらよいのだろう。一郎はとりとめもなくそんなことを考えた。妻が死んで、友人が死んだ。自分の周囲から一人二人と消えてゆく。残された者の寂しさ。

一郎は、戦争中、海軍にいた頃のことを思い出した。

佐世保港に突如来襲した敵の飛行機の機銃掃射で、駆逐艦の甲板にいた彼は、飛び散った弾の破片が目に刺さり、左眼を潰してしまった。その怪我を治すのに海軍病院に入っている間に、彼の乗っていた駆逐艦「瑞穂」は沖縄嘉手納沖で沈没してしまった。自分が生きていることが罪悪のように思えた。自分以外の戦友たちは全て海に沈んだ。残された一郎は、戦争が終わっても自分だけが生き残っていることを周囲の者達皆が責めているように感じた。そして、自分も皆と一緒に海に沈んでしまった方が良かったかもしれないなどとよくよくよと考えた。死んでしまおうと思ったことも一度ならずあった。しかし、何かが一郎を引き留めた。

二月になって、庭の椿が赤い花を咲かせているのを、一郎は窓から椅子に座って見ていた。あの花はサヨが好きな花だった。この家を建てて間もない頃、冬の花がないと言ってサヨが小さな苗を買ってきて植えたものだった。サヨのことをこの頃になってしきりに思い出す。

息子の和之が結婚してから、夫婦二人だけの静かな生活があったはずなのだが、その時のことを不思議なことに一郎は殆ど覚えていない。サヨは和之が独立してからは、自分の時間を大切にしていたように思う。本来社交的な性格だったサヨが、ダンスに行ったり、知り合いの老人達とバス旅行に行ったりしていたのも確かその頃だったと一郎は記憶している。初秋の夕刻、サヨが雨戸を閉めようとすると、窓の所で何かがばたばたと暴れているのが聞こえた。サヨが、おそるおそるカーテンを捲ってみると、そこから鳥のようなものが飛び出して、部屋の中を飛び回り始めた。まるで黒い布きれが操られているような飛び方で、それがコウモリであることがすぐ分かった。

サヨは声をあげそうになりながら、その声を押し殺したように一郎を呼んだ。

一郎は、部屋の中を飛び回るコウモリを見て、不思議な生き物だと思った。倉庫から古い捕虫網を持ってきて、窓にあたって落ちたコウモリに被せると、コウモリはたやすく捕らえられた。

網越しに中のコウモリをサヨと一郎が覗き込む。

「意外にかわいい顔しているのね」

サヨがそう言った。

「鼻が、上向いているからかな」

部屋の中は、静寂に包まれていた。

サヨとこんな時間を共有するのは久しぶりだった。

コウモリを覗き込んでいるサヨの頭が、妙に小さく見えた。すっかり頭を覆った白髪を見て、若かった頃のサヨの姿を思い出してみる。

必死で生きていたあの頃は、そんな余裕がなくて、じっと見つめることもなかった。サヨの二つに分けて結んだ黒ぐろとした髪の美しさだけが印象に残っていた。

「逃がしてあげよう」

そして、サヨと二人で美しい夕焼けの中にコウモリを放った。コウモリは、独特の飛び方で飛んで行き、見えなくなった。

この時一郎の目の中に残った夕焼けの色が、今までの人生の中で一番いい色だったと思う。サヨが死んでから、コウモリの姿を見る度にこの時の光景を思い出した。


三月になった。この頃やけに単調に月日が過ぎて行く。二月が三月になり、やがて四月になる。当たり前のことだが、それは自分の人生の終わりの時間に近づいて行く証でもある。

その日の午前中は寒く、ゲートボール場にはまだ仲間の老人達は集まっていなかった。一郎は一人でコートの中に入って球を置き、スティックで叩いて練習を始めた。球が球に当たる音が、どんよりした空に心地よく響いた。

犬を散歩させにきた主婦が、ベンチに座って一郎の練習を見ていた。犬が椅子のそばで座って舌を出している。

昼近くになっても仲間達の来る気配はなかった。こんなことが今までにあっただろうか。皆に何かがあったのだろうか。しかし、電話で仲間を呼び出すのもはばかられたので、仕方なく加世子の作ってくれたおにぎりを早めに食べ、昼頃に帰ろうとしていた時、黒装束の中学生が三人やってきて先程主婦が座っていたベンチに腰を下ろした。見るからに学校からはみ出したといった感じの風体の中学生達は、大きな声で何やら話しながら、胸の内ポケットからたばこを取りだして吸い始めた。

一人は髪を黄色く染めていて、後の二人は針のように逆立てた髪型だった。それでいながら、あどけなさの残る顔立ちが、一郎には無理に背伸びをして世間に立ち向かおうとする姿勢の現れのように見えた。自分の終わりつつある人生と彼らの始まりつつある人生を比べたら、たばこを吸って学校をサボっている三人の姿が、寒さに体を寄せ合う雀のようにも思われた。

「君たちもやってみないか？」

気づくと一郎は三人に声を掛けていた。

三人は、自分たちに向けて発された言葉そのものに向かって身構える姿勢を見せた。

その様子を見て、一郎はもう一度静かに言った。

「君たちもやってみないか？」

「えっ！」

「俺たち？」

三人は顔を見合わせている。タバコを持っていた指がタバコから離れ、ベンチの下に三つ落ちると、それぞれの足がそれをほぼ同時にもみ消した。

一郎は自分の持っていたスティックを三人のうちの一人に手渡すように手を差し出した。眉の細い黄色い髪の少年の方を見た。少年の目はじっと一郎をはかっているような目だったが、ふとその色が変わった。少年は一郎の左目に気づいてはっとしたような顔つきになった。

「どうだい」そう言って一郎は、彼らに一歩近づいた。

黄色い髪の少年がベンチを立ち上がって近づき、一郎の差し出すスティクを握った。

「おいおい、ほんとかよ」

後の二人が、少年にからかうように言う。

黄色い髪の少年の目つきが、今までの虚ろな様子から、輝きを取り戻しかけている。一郎は赤い球を下に置き、少し離れた所に白球を置いて「この球に当ててごらん」と声を掛けた。少年の目つきが少し真剣になって、白球と赤球の距離を測っている。見ている二人ももうからかわなくなった。少年の握ったスティックが振られ、カキンと心地よい音がして赤い球が勢いよく転がった。そして、僅かに白い球を逸れて、随分先の方で止まった。

「惜しかったな」

一郎がそう言うと、座っていた二人が立ち上がって、「おじいさん、俺たちにもやらせて」と寄ってきた。先程までたばこを吸っていたとは思えないような子どもの表情に戻った少年達は、もう随分そんな表情をしていなかったように顔がこわばってしまっている。少年達は暫く遊んだ後、一郎に丁寧に礼を言い、その場を離れて行った。

三月も中旬になり、老人会で、バス旅行に行くことになった。

行く先は山梨の昇仙峡だった。当日バスの中はいくつかのグループで埋まっていた。俳句会の老人たちと、ゲートボールの仲間、それから歩く会の人たちだった。平日の旅行で日帰りだったが、久しぶりの行楽に老人達は盛り上がっていた。

バスが走り始めると、ワンカップの酒の蓋やビールの缶を開ける音が聞こえた。歩く会のグループの中から笑い声が絶え間なく聞こえていた。

ガイドの若い女性は、司会の仕事としていろいろなことを考えていたようだったが、老人達の元気な様子に気圧されたらしく、挨拶だけして、「皆様それではお楽しみ下さい」と言って前の席に座ってしまった。後ろ向きに座ったガイドに「ガイドさん、こっち向いて座ってくれよ」と声を掛ける者もいた。

中央高速に乗り、インターを降りて小一時間すると昇仙峡に着いた。ガイドが渓谷を案内している間、老人たちは、退屈そうに欠伸をしながらだらだらとついて行く。

昇仙峡を出てから、勝沼の葡萄の丘に寄った。葡萄にはシーズンはずれだが、ここからの景色は甲府盆地を一巡り見ることができるので、最近の観光バスは必ずここに寄る。

葡萄はなくても、ここの高台にあるレストランは雰囲気が良く、おいしいワインもあった。老人たちは、ワインを飲みながら甲府盆地を囲む美しい山並みに見入っていた。

その時だった。突然一郎の視界に例の紗のかかったようなものが訪れて、音が消えた。

一郎は次にくるものが不吉なものに違いないことを考えて身構えた。この時間はいったいどれくらいの時間なのだろうか。一郎にとってそれは長い時間のように思えたが、意外に短い瞬間なのかもしれなかった。その瞬間だけ確かに世界は時間を止めているようだった。

富田が横たわっていた。しかし、横たわっているのがどこなのかさっぱり分からなかった。いつもなら比較的はっきりとした場面が見えるのに、その時はとても現実とは思えないような、ぼんやりとした雲に包まれたような場所だった。

富田の目を瞑った顔は、とても満足げだった。しかし、その顔つきがどこか自分と似ているところがあるのに気づいて一郎ははっとした。

子どもの姿があった。美紀と由起だった。しかし、加世子と和之はいなかった。おかしいなと思った。もしかしたら、これは富田のことではなく自分に近く訪れる未来ではないのか。しかし、その考えは少しも恐ろしいことではなかった。満足そうな顔があったからだ。

——あんな顔で死ねたらいい——

そう思った時、ようやく耳に音が入ってきた。そして、周りの人々の動きがめまぐるしく感じられた。

結局バスに乗って家に着くまでの間、何事も起こらなかった。一郎の予想していたことはなかったが、そのことが一郎にとってはいっそう不安だった。

家に着くと、孫たちが飛びついてきた。

「おじいちゃん、おかえりなさい」

加世子の顔がいつもと違っているように見えた。葡萄の丘で買ってきたおみやげを孫たちに一つずつ渡す。孫たちは喜んで包みを開けている。

加世子にもお菓子の箱を渡す。ワインのボトルも一緒に彼女に渡した。

「和之と一緒に、加世子さんも飲んでください」

「ありがとうございます」

加世子のぱっと花の咲くような笑顔が一郎はとても好きだった。

見ているうちになんだか遠い気持ちになってきた。自分だけが高い所で世界を見つめているような感覚だった。

「お義父さん!!　どうしたんですか？」

加世子が一郎の方を向いて、やけに真剣な顔つきで叫んでいるが、一郎には声が遠くてよく聞こえてこない。その時、和之が帰ってきた。

加世子の叫びに似た声で、和之は急いでダイニングに駆けつけた。

見ると一郎が部屋の隅にへたりこんで、真っ青な顔をしていた。

暫く一郎は言葉を発する方法を忘れていたような感覚にとらわれていた。

自分の脳細胞が今急速に衰えつつあるのではないか。そう考えると恐ろしかったが、そんな複雑なことを考えているくらいだから、かえって大丈夫かもしれないという気持ちも混じっていた。

和之が一郎の肩を担いで、ソファーに連れて行き、窓を開けて風を入れてくれたおかげで、随分現実感が取り戻せた。

「貧血だよ。ただの」

一郎はそう言いながら、つい先ほど見たばかりの幻のことを考えざるを得なかった。

しかし、そのことを言葉にして和之たちに説明するのはとても難しかったし、自分でもそれを言葉にすることで、そのことが現実になってしまうのが怖い気持ちもあった。

それ以来、やること全て、自分の見るもの触れるもの全てが微妙に以前の感覚とずれてしまったような感じが続いた。食事を終えて自室に入ると、本棚の中の本の背表紙が今までの配列と違うような気がした。ライティングデスクの前に座ってみたが、その時手に触れた机の木の感じが、やけにざらざらしているように感じられた。布団を敷いて眠りにつく時も、このまま自分は朝になっても目覚めないのではないかと考えた。

きっとあの時の幻は、近い未来に自分の身の上に起こるに違いない。いつからか自分に訪れるようになった既視感のような感覚も、もしかしたら自分の死への覚悟のために、臆病な自分の精神が用意しているものなのかもしれない。そんな風に考えながら眠りについたが、なかなか寝付けなかった。

翌朝、家族で食卓を囲む。一郎は、ご飯を箸でひとつまみ口に入れた時、その感覚が変わっていなかったことを感じた。前歯と奥歯の一部が入れ歯だったが、その時全ての歯の感覚が異物になったように感じられたのだった。

総入れ歯になったらこんな感じになるのだろうとその時思ったが、その原因が何によっているのだか分からないのが不気味だった。

病院に行って調べてもらうことにした。市営の総合病院の脳神経科に行ったが、問診で症状を訴えると、担当医師は、CTスキャナーで調べてみないと何とも言えないと言った。

CTの機械のある部屋に入って、療法士の指示に従って台の上に横になる。それから、大きな丸いドームがすっぽりと頭を覆った。その時に一郎は、その結果がどんなものであろうと受け入れなければならないのだと自分で覚悟を決めた。この年になると、些細なことにいちいち大袈裟な覚悟をしなければならないのだというのもこの頃気づいたことだった。

家に帰って孫娘たちが駆け回っている様子を見ると、妙にそわそわとした気分になった。

老人会の飲食会に出席するため、和之に車で送ってもらった時、ふとこんな話をした。「沖縄に別荘を買わないか」

「えっ！　今なんて言った？」

和之は前を向いたまま、ハンドルを握っている。

「沖縄に別荘でも買わないかと言ったんだ」

「何で突然沖縄なんだよ。別荘だなんて、そんな金あるはずもないし」

「金なら、俺が出してやる」

「突然そんなこと言ったって」

和之は、一郎の意図を計り兼ねていた。

「この前、テレビで見ていたんだ。あんな青い空と海の中に帰っていけたらいいなと思ってな」

「何を言っているんだよ。オヤジ、なんか変だぞ、この頃。夕飯の時も箸を止めてぼーっとしていることがあるし」

一郎はそれきり黙ってしまった。

和之も一郎のそんな様子にそれ以上話を続けようとはしなかった。

数日後、一郎の検診の結果が出た。何かあると覚悟をしていたのに、結果は不整脈ということだけだった。担当医の説明では、七十代の人ならむしろ普通のことで、あまり心配はいらないということだった。あっけない結果に、むしろ一郎は慌てて、「あまりうまく説明はできないけれど、最近になって目に写るもの全てが異質に感じられるのです」と付け足した。

「それは内科的な範疇ではなく、むしろ精神的な問題だと思います。自分を追いつめないようにゆとりを持って暮らしてください」と言った後、中年の医師は、そっと眼鏡を外して、こんなことを付け足した。

「人間だけに限らず、脳を持っている生き物は、老いていけば脳細胞が少しずつ死んでいきます。

しかし、それに対応できるように肉体も少しずつ行動力を失っていくから、それはそれで理にかなっているんです。生き物は全て生まれれば死んで行く運命にあります。それは自然なことで、少しも不思議なことではありません。しかし、それを予見できるところまで能力を上げてしまった人類は、その代わりに自分の死について悩まなければならなくなった。ネガティブなもののよう言われる認知症も、もしかしたら脳の知恵なのかもしれません」

その日、一郎は夢を見た。ロウ質のものが、自分の指に絡まって取れない夢だった。一郎はそれを取ろうと躍起になって擦っていた。すると指がどんどん大きくなってきて、いつの間にか自分の体より膨張してしまった。膨張したものはすでにもう指ではなくなってしまった。しかし、それは自分の肉体の一部には間違いなかった。その大きなものに自分が覆われてしまうと、今度は自分という意識がとても小さく感じられた。とてつもなく巨大になった自分の肉体の中にある小さな意識。しかし、その意識は肉体とすぐに置き換わってしまった。とてつもなく巨大になった意識と無に近くなった肉体。意識は、それから無限に膨れ上がっていく。大きな海のような場所だろうか。宇宙空間のようにも思えた。意識が縮小し始めた。だんだん小さくなるのに加速されていくのが分かった。ビデオテープの巻き戻しが、終わり近くになった時のように次第にスピードが増して行った。しかし、今度は肉体と置き換わるような感覚はなかった。どこまでもどこまでも意識が高速で巻き戻されていき、やがてカチャと止まるだろう。そうなったら、今夢を見ている自分はどうなるのだろう。そう考えたところで夢から覚めた。

カチャとドアの開く音がして、気づいてみると入ってきたのは孫娘の美紀だった。

「おじいちゃん。ごはんできているから、早く食べにきてくださいってママが言ってた」

一郎は、半ば夢心地に孫の顔をじっと見つめた。夢の中の光景のように見えた。柱にかかっている時計が、十一時五分を示していた。いつもなら、六時には起きているはずだったのに、久しぶりに寝坊したらしい。

「おじいちゃん、寝坊しちゃったよ。今まで、宇宙にいたからね」

「ウチュウってどこ？」

「夢の中の遠い所だ」

「なぁんだ、夢見てたのね」

「まぁ、そんなところだね」

「ママぁ、おじいちゃん夢見てて、うちゅうに行ってきたんだって」

美紀はそう言いながら、台所の方に行ってしまった。

一郎はゆっくりと起きあがり、台所に向かった。台所では加世子が、一郎の食事を用意して待っていた。

「今日は随分ゆっくりなんですね」

「すっかり寝坊してしまった」

「今日はゲートボールには行かないんですか？」

「ああ、ゲートボールね。食事を終えたら、そろそろ出掛けようかな」

「検診の結果、何もなくて何よりでしたね。でも、不整脈があるのだから、無理しないでくださいよ」

「ありがとう」

鰯の焼き物はすっかり冷たくなっていたが、とてもおいしかった。

桜の花は今年やけに遅く、一郎の家の玄関先にある桜も四月の今になって満開だった。

朝とも昼ともつかない食事をゆっくり終えて、一郎はいつものように自転車に乗ってゲートボール場に向かった。

桜の木陰のあるゲートボール場では、すでに四人が集まって、球のぶつかり合う心地よい音を鳴らしていた。一郎は、珍しく遅れてきたために、そんな風景をしみじみ眺めていた。

「井上さん、珍しく遅いなぁ」

富田が、球を叩きながら声を掛ける。

「久しぶりに寝坊したくなってね。嫁には悪かったが、寝坊させてもらって、ゆっくり来たおかげで、風流なおまえさんたちの姿も見ることができたよ」

「風流っていうのは、どういうことさぁ」

「白い花びらの舞う中、ゲートボールに興じる年寄りたちの姿につい見入っちまったよ」

「いつもは、自分こそ真っ先に来てやっている年寄りのくせに」

木下の婆さんが笑いながら切り返す。

「それより、この間は皆どうしたんだい？　俺一人じゃあしょうがないから、昼過ぎに帰ったけど、なんかあったんじゃないかと思っちゃったよ」

「あれっ、木下の婆さんも来なかったのかい？」

富田は木下の婆さんの方を向く。

「私にだって用事がある時があるんだよ。一番下の息子が孫連れてやってきたもんだから、孫の面倒見ててねぇ」

「俺も銀行に行く用事があって、朝一番で行ったんだ」

「富さんも、たっぷり隠し持ってるんじゃないの。墓の中までは持って行けないんだよ」

木下の婆さんがそう言って富田をからかって笑っている。

ここではいつもの通りのゆったりした時間が流れ続けている。いつの間にか先に逝った島田のことも忘れているようだった。

こんな景色の中にだって自分の帰って行く場所はあってもいい。ふと、そんなことを一郎は考えた。すると、今目の前にある光景が白く輝きだした。自分が寝坊した時間に、富田や木下たちはここでプレイしていた。今自分がいなくなってしまっても、あまり時間の質は変わらないのではないか。というよりも、午前中のブランクの時間と、自分がいなくなった後のブランクの時間の質は殆ど変わらないだろう。そして、富田や木下がいなくなってもきっとそれは同じだろう。一郎は、自分の在不在に左右されない時間の質の高さをむしろ大切に思った。何の軋轢もない質の高い時間。何かに打ち込んでいて、時間すらも忘れてしまうような時間の質もあるけれど、今の自分にとっては、何もなく何もなさないことの時間の質の高さの方が大切だと思った。

五十数年前の戦争で、確かに自分は何かの偶然の力によって死に損なった者だった。その思いが、今まで一郎の中に蟠ってきたことも確かだったが、ここまで生きてしまった以上、もはやそんなことに縛られているのもばかばかしいことに思えた。若い頃に感じた、戦友への後ろめたさも、時間は少しずつ洗い流してくれていた。

もはや、人生の中で自分の役目は終わりつつある。そう思うと、今の白々とした光の中で球を叩いている仲間たちが、妙に愛おしく感じられた。

「何事もなければそれでいいじゃないか」

そんな風に呟いた自分は、何かがあることを期待していたのだろうか。それとも、それは残った自分の生の時間が自分に何かをさせようとしているということなのだろうか。

一郎がスティックを握って、赤球を叩こうとした時だった。どこからともなく聞こえてきた、救急車のサイレンの音が近づき、次第に遠ざかって行った。

今まで平穏だった空気が、すっと別のものに変わっていくと、それまでの一郎の気持ちも変わっていった。

——俺はこれでよかったのだろうか——

ゲートボール場から、一人去り二人去って行った。最後にはいつものように、一郎が残った。

午後四時、もうじき日が暮れる時間だった。一郎は、並べた球を拾って、持ってきた布袋に入れた。スティックを自転車に立てかけて、木製のベンチに座る。夕焼けがとてもきれいな日だった。

少し腹が減ったなと思った。

——今年はまだコウモリが来ないな——

小さな声で独り言を言ってみる。暮れかかった空は、薄桃色の紗がかかったような色になり、やがて濃紺から闇に変わっていく。

一郎は夕空が暮れて行く様子をベンチに座ったまま、いつまでも眺めていた。

さざ波

久美子が仕事から帰ってみると、家の前の道路に、白いチョークらしいもので、「鬼神参上」と大書してあった。久美子はその文字の形の持っている不吉なものの影にぞっとした。

よく見ると、そのチョークのようなものは、三日前に久美子が準に渡したロウ石だった。自分が子どもの頃に、よくそれで道路に絵を描いたのを思い出して、子どもに与えたものだった。道路の向こうはゲートボール場があり、その向こうはブランコやジャングルジムなどの遊具のある公園になっていた。

「準がこんな字書けるわけないし……」

久美子は、独り言のようにそう呟いて、保育園に向かった。

保育園の窓から中を覗き込む。準の姿が見あたらない。慌ててドアを開けて中に入ると、オルガンの脇から、「きゃあ」という声とともに準が飛び出してくる。準はどうやら友達と鬼ごっこをしていたらしかった。

「ママぁ」そう言って飛びついてくる準の頬を両手で挟むと、柔らかい感触とともに微かな温もりが伝わってくる。

手の甲はアトピーのためにがさがさしていて、薬を塗ってもなかなか治らない。耳たぶの横が切れて血が固まっているのが痛々しかったが、保育園の子どもたちはそんなこととは関係なく遊んでくれる。

外に停めてあった自転車の後ろの座席に準を乗せて、川沿いの遊歩道を帰る時にはすっかり外は暗くなっていた。

家の前に自転車を停めて準を降ろす。準は、さっと駆けて隣の犬の所に行く。

「トビー、トビー」

準が犬の名を大きな声で呼んでいるのが聞こえる。犬はすっかり準になついていて、フェンス越しに鼻を突きだして甘えている。

このまま静かな時間が流れてくれればいい。久美子は、しきりにこんなことを考えるようになった。

先程の落書きのことを思う。また大きな災厄が自分の身近に迫っていて、無意識のうちに自分の頭が反応し始めているのかもしれない。彼女はそう考えてから、その考えを払拭するように首を振った。

「準、もう帰ってらっしゃい」

その声に準はしぶしぶ犬のそばを離れる。

空には一番星が冷えた空気の中にひときわ輝いている。

家に入って掃除機をかける。きーんという音が家中に響く。準は、おもちゃ箱の中からウルトラマン・ティガの人形と怪獣の人形を出して、戦わせて遊んでいる。

掃除機の先が細かい塵を吸い取っていくのを少しずつ何かが整理されるような心地よさで動かしながら、「これが終わったら、ごはん作らなきゃ」と声に出して呟いてみる。こうしている間にも、いつの間にか忍び込んでくる重さのようなものは何だろう。ふっとため息をつく。

「ママぁ、今ね、ティガが、怪獣の上を飛んでいっちゃったんだよ。見てぇ」

準が一人遊びに飽きたのか久美子に話しかけてくる。

「ほんとぉ。すごいわね」

そう何気なく言う言葉の中に、気持ちがこもっていないのが気に入らなかったのか、準は「ママぁ、みてぇ。みてぇ」と大きな声で久美子を引きつけようとする。

掃除機の音が止み、また静寂が訪れる。準の声だけが低い床の上すれすれの所をころころ転げているように聞こえる。

「準、外の道路に落書きしなかった?」

「ええ、どこぉ?」

「お外の道路の所」

「しらなーい」

「ロウ石は? ママがこのまえあげた」

「ロウセキって?」

「ほら、白い細い石で、地面に書けるやつ」

それを聞いて、準ははっとしたようだった。

「それ、おにいちゃんにあげちゃった」

「お兄ちゃんて?」

「知らないおにいちゃん。ボクが、絵かいてあそんでたら、かしてってっていったから、あげちゃったの」

「だめじゃないの。知らないお兄ちゃんに、ママがせっかくあげたものあげるなんて」

準は、下を向いたまま、何かぶつぶつ言っている。

「ママに何か言いたいことあるの?」

「ない」

「じゃぁ、ごめんなさいでしょ」

久美子は準の頭に軽く触れると、外の野菜置き場に野菜を取りに行く。今日の献立のメニューはまだ決まっていないが、いつも野菜を取りに行くところから、メニュー作りは始まるのだった。

——今日はカレーを作ろう。じょうしん粉にウコンで色をつけたアトピーの準専用のカレーだ。それが終わったら、洗濯をして、明日の給食のメニューを見て準のお弁当のメニューを考えて……、そうだ、それから、仕事場に持っていく手袋を洗って——

久美子は、やるべきことを頭の中に並べていく。自分の中にある空白に思いを馳せる時間を避けるようにして。

もう三年になろうというのに彼女の中でそれはまだ一つの事件と言うより、理不尽な災厄として心の隅に蟠っている。あの日、会社の人がいつものように電源さえ切っておいてくれたら。

夫の慎一は勤めていた電力会社の電源の点検をしていて、高圧線にうっかり触れて感電死してしまった。嘘のような事件だった。会社からは労災保険が支払われ、生命保険も支払われたが、久美子と幼い子どもの中には大きな穴があいたような日々が続いた。未だに久美子はそのことを整理しきれないままでいる。

この頃独り言を呟いている自分に気づくことが多くなった。

夕食ができるまでの間、準がおもちゃで遊びながら、声にならない声で、ぶつぶつと何かを言っている。

鍋の中のカレーをかき混ぜながら、準と二人で生きていく生活が果てしのない荒野にぽつんと置き忘れられたような遠い気持ちになる。

「ママぁ、いいにおいだね、まだぁ」

皿に盛られているご飯にカレーをかける久美子の手が少し震えている。

「ママぁ、ぼくねぇ、大きくなったら、水たまりけんきゅうかになるの」

「水たまり研究家？　なあに、それ」

「雨ふった時の水たまりのけんきゅうするの」

「へぇー」

「それでね、ママぁ。水がいっぱいはねるのがいい水たまりでね、はねないのが悪い水たまりなの」

「へえ、準は、雨降った後の水たまりにはいるのが大好きだからねぇ」

準の他愛のないお喋りに救われたと久美子は思った。

出勤前、久美子が洗濯物を大急ぎで干している時、沈丁花の向こうのフェンス越しに、犬を連れた女性が通り過ぎるのが見えた。二つ向こうの家の小諸さんだった。年齢は三十半ばといったところで、テニスウエアーに身を包んで、朝晩犬の散歩をしているから、どうやら仕事をしているわけではないらしい。二階建ての白い家に、茶色と黒の模様のハスキー犬二匹と暮らしていた。結婚していないのか、夫らしい人はいなかったし、主婦特有の生活臭も全くなかった。

久美子が不思議に思うのは、ゴミ出しの度に通る小諸さんの家には一度も洗濯物が干されていないことだった。

ゴミ出しの日にも、見かけたことがない。ただ、見るのは無表情で黙々と犬を散歩させている姿だけだった。しかし、無表情な彼女はなかなか美しかった。

夕食の時に、慎一とふとしたことから小諸さんの話になったことがあった。

「変わった人だわ。こちらが挨拶しても、何の反応もないのよ」

「そういう人もいるさ。人と関わるのが面倒なんじゃないの。うっかり関わってあれこれ言われたくないのかもしれない」

慎一のあの時の言葉。

洗濯物を干し終えると、次は準のお弁当づくりだ。市立の保育園は昼は給食だったが、準はアレルギーで食べられるものが限られていたから弁当を持たせざるをえない。初めは給食室の職員達も、自分たちの作る給食への不信感ととったのか、いい顔は見せなかった。しかし、最近では丁寧に「いつも申し訳ありません」と言って弁当箱を渡す久美子に返ってくるのは、「お母さん、いつも大変ですね」という優しい言葉だった。この言葉に久美子はその日の朝の慌ただしさからほっと一息つけるような気がする。そして、そのまま仕事に向かう。幸い仕事場は、自転車で十数分だったから、通勤にはそれほど支障はないが、五歳になるわが子を長い時間他人の手に委ねることに後ろめたさはある。「母親が恋しい時期に」とかつて慎一の母親に言われた言葉が残っているからだった。

準は生まれる時に難産で、なかなか出てこなかった上に、羊水を飲み過ぎて、肺気胸になってしまった。やっとの思いで退院したと思ったら、呼吸が一時的に止まってしまって、救急車で再入院。何がなんだか分からなくなるほど動揺し緊張して育てた子どもがやっと人並みに育ってきた。そんな子どもがたまらなく愛しい。そんなわが子への思いを残したまま慎一はこの世を後にした。さぞ無念だったにちがいない。その事実が時折吹きすさぶ嵐のように久美子を揺さぶり、吹き飛ばしてしまいそうになることがある。

博物館準備担当の仕事は、久美子が考古学専攻の学生時代から好きだった土器の補修と分類だった。時には、市役所の残務に回されることもあるが、チームのもう一人の女性職員の山下さん以外とは殆ど接する人がいないから、ストレスもない。

山下さんは、無口な人で、こちらから話し掛けなければ、決して話をしてこない人だった。かといって取っつきにくいというような感じではなく、とても優しい人柄がその顔つきから感じられたから久美子も彼女のことが好きだった。

彼女は久美子よりも五つ年上だったが、一人暮らしだった。以前は結婚していたという噂もあった。

仕事場の第二収蔵庫は、古い鉄筋の建物で、以前は農協が使っていたものだったが、その二階が仕事場になっていて、そこで手袋をはめて一日作業する日が多かった。

山下さんと一緒にいると、久美子は不思議と気持ちが安らいだ。子どもの準が女手一つでこの先どんな風に育つのかとか、大切なことではあるが久美子を不安にさせる物事が、その部屋に入った途端に、すっと潮が引くように頭から消えていった。

いつか、山下さんが持ってきたCDで聴くリヒテルのピアノの音がとても部屋の雰囲気になじんでいた。古いCDプレーヤー付きのラジカセは誰かが置きっぱなしにしていったものだったが、意外に良い音が出た。

ピアノの音には特別な効果があって、聴きながら、発掘された何百年も前の遺跡の修復作業をしていると、時間を忘れるくらい熱中することができた。そして、時々見る山下さんの姿は、縄文人の姿のように思えてくることがあった。

竪穴式住居の竈に火を入れて、夫を待っている山下さんの姿は、とても凛々しかった。男達が穴の中に落ちたサーベルタイガーを石器の着いた槍で突く。サーベルタイガーは、鋭い爪で何度も空を斬りつけながら、穴の底で、血を流し息絶えていく。足と手と胴体と首に解体された獣は、それぞれの男達に分配される。血の滴る獲物の太股の美しい曲線に魅入られるような男達の目つき。

男はその片方を持ち帰る。妻は得意げな夫を住居の中に迎え入れる。夫は隅に置いてある酒を取り出して飲み始め、妻は肉を切り、竈の火でそれを炙る。肉のいい匂いが暗い住居の中に充満している。いくつかある集落のどの住居からも、自然との闘いに勝った幸せな安定と肉を焼く煙が夕刻の空の中に漂っている。土器の模様が、微かな竈の置き火に照らされている。ざらついた土の手触りを感じる。

山下さんが、鳴り止んだCDラジカセのボタンをリプレイする。再びリヒテルのピアノの音が、部屋の中に静かに広がっていく。時々あまりの静けさにうたた寝して、久美子ははっと目覚める時がある。山下さんを見ると、いつも彼女は同じ姿勢で、土器をくっつけている。縄文人の山下さんが、現代にタイムスリップしてきたように思える。

久美子は土器を着ける手を休めて、窓の外を眺めながら、「準、お弁当食べたかな」と独り言を言う。

五時になり、山下さんが静かに立ち上がればその日の仕事は終わりだ。自転車を駐輪場から出して保育園へと急ぐ。五時半に保育園に着き、腰まである鉄の扉を開けて中に入る時いつも救いを感じる。この中に、確実に自分を待つ者がいる。

硝子越しに久美子の姿を見つけると、準は駆け寄ってくる。その時の笑顔はどんなものにも勝ると思う。

帰宅の時間と名前をノートに書きながら、「準、先生にさよならしていらっしゃい」と言うと、準は担当の先生に、「ばいばい」と言って、鞄を抱えて走ってくる。

いつもなら、そのまますぐに帰るはずだったが、その日は遊び足りなかったのか、準はそのまま滑り台に向かって走って行った。

「準、帰るわよー」

しょうがないといった調子で、久美子は準に一応言うが、半ば許していた。

準は何度か鞄を抱えたまま滑り台を滑り、次はブランコに乗って、なかなか帰ろうとしない。

ブランコから、また滑り台に上っている準に「もうママ帰るからね」と言って先に帰ろうとした時だった。鈍く柔らかい音がして、振り返ると準が滑り台の下に落ちていた。

「準！」

慌てて駆け寄る久美子の声に気づいて、中にいた保母さん達も出てくる。

久美子は慌てて準を抱き寄せたが、準の意識はない。準のぐったりした体がいつもより重く感じられる。

「準、しっかりして！」

久美子は準に向かって叱るように言葉を繰り出している。

準の頭の右前部分には大きな瘤ができていた。その瘤の大きさにいっそう久美子は正気を失って、準を抱いたまま保育園の職員室に走った。彼女の頭の中は、何とかしなければという気持ちばかりが先走っている。母親に手渡した後の事故に、保母さん達もやや慌て気味に久美子に受話器を渡す。すぐに救急車を呼んだ。その間も、久美子は準の名を狂ったように呼び続けた。救急車が到着すると、保育園の子どもたちが、「救急車だ」と言って周りに集まった。久美子は準を抱いたまま救急車に乗り込んだ。

救急病院まで行く間に準の意識が回復した。準は自分の身の回りで起こっていることが、全て先ほど自分が滑り台から落ちたことに起因しているのだということにうまく結びつけられない様子だった。

病院に到着し、診察の時には、どこも痛くないからと言って大きな声で泣いた。診察結果はすぐには分からず、まず大丈夫だろうということだったが、子どもは後になって出ることが多いから、何日か後にまた来てくれと医者に言われた。

久美子は、準が生まれて間もない頃、呼吸を一時的に止めて救急車で運ばれた時のことを思い出した。あの時ほど、道路の車を邪魔に感じたことはなかった。病院にやっと着くと、救急の担当の医師が新米で、点滴を打つのに何度も子どものいたいけな腕の動脈を外した。見ていて痛々しかった。小児科医が飛んできて、久美子に事情を聞いた後、呼吸が止まっていたら、もう助かっていないとか、顔も真っ黒になってしまうとか、不吉な言葉を浴びせた。その言葉の一つひとつがとても痛かった。あの時は、ともかくも様子を見るために入院することになった。子どもが小さいので、個室に母親付き添いでということを了解してもらい、その晩から久美子は病院に泊り込んだ。

慎一も毎日着替えを持って訪れた。一週間の入院の後、何も異常はないということで退院。しかし、退院後も、いつ子どもの息が止まるかとはらはらした。寝る時が一番怖かった。準が眠るとそのまま目を覚まさなくなるような気がした。悪い夢も見た。あの時のことを思い出して久美子は、背中を冷たい汗が流れるような気持ちになった。

休日になり、久美子は準と家の前のゲートボール場を兼ねた公園で遊んでいる時だった。準の蹴ったボールが転がったところに段ボール箱が放置してあった。その時は、それ程気にせずに、すぐにボールを拾って戻ったが、なぜかボールが当たっても動かなかった箱の重さが気にかかった。

子どもを先に行かせて、久美子は気にかかった箱の所まで歩いて行った。

「ママー、はやくおいでぇー」と準が叫んでいるのが聞こえた。

段ボールの箱に軽く触れてみた。中には確かに何かが入っている。しかも、その時感じた重みは、ものがきちんと入っているという風ではなく、偏った形の柔らかなものが中でずれる感じが確かにあった。

久美子は、中を見てみようと思って少し躊躇った後、決意したようにしゃがみ込んで蓋を開けようとした。その時、刺激のある異臭が鼻を襲った。それは明らかに動物の死骸の腐敗臭だった。それが分かった後、蓋を急いで開けて、その場から身を引いた。そして、少し離れたところからその箱の中を覗くと、中には毛だらけの犬の死骸が背を丸くして入っていた。死んでからずいぶん経っているらしく、頭部は目が窪んで半ば白骨化しており、首には首輪がつけっぱなしになっていた。

——誰がこんなこと——

「ママー、どうしたのぉー」

準の呼ぶ声が聞こえる。

咄嗟に久美子は、それを準に見せたくないと思った。粗末な段ボールに入れられた白骨化した犬の死骸。しかも子ども達が遊ぶ場所にわざわざ捨てられているということに不吉な意図を感じとったからだった。

準が走ってこちらに来るのが見える。まずいと思った久美子は、段ボール箱の蓋を閉め、そのままにして準を連れ帰り、何度も石鹼で手を洗った。部屋に帰ってもまだ自分の身体の周囲にあの腐敗臭がまとわりついているような気がした。

——何かがやってくる。少しずつ少しずつそれは近づいていて、あっという間に自分から大切なものを奪い去ってしまう——

久美子はその日、眠ることができなかった。

#

山下さんがかけた、リヒテルのピアノの音が、第二収蔵庫の中を巡るように響いていた。久美子は、いつものように、土器の補修を続けていた。山下さんの細い体は、椅子にもたれる姿がまるでモディリアーニの絵のようだった。静かな時が流れる。久美子はこの時間が自分にとってかけがえのないものになりつつあることを感じていた。

山下さんのバイオリズムと自分の望むバイオリズムがぴったり合って、この時を作り出している。時々仕事を持ってくる小太りな中年男性職員の児玉さんも、この雰囲気を察していて、仕事の用件が終わればさっさと出て行ってしまう。時々、職員の噂や仕事の状況を立ち話のように話してはいくが、それほどここの時間に差し障りはない。ここにくれば、時計がゆっくり動き出す。

「そろそろ、休憩しましょうか」

山下さんに声を掛けられると、今まで動いていた久美子の手が止まる。静かに彼女は頷いて、休憩時間にはいる。

久美子は山下さんのしなやかな手足を見ていて、羨ましくなることがある。自分とあまり変わらない年齢のはずなのに、山下さんの肌はきめが細かく美しい。

準との生活のことを思う。夫と三人で暮らすことが全てのことのように思ってきた生活が何の前触れもなく突然終わった。それ以来久美子は自分に訪れた新たな運命を受け入れられていない。

保育園での事があって以来、ある思いがずっと久美子の胸の中でざわめいている。いつか、それが大きくなって彼女を押し流してしまうかもしれない。仕事に行くときに保育園の前で手を振る準を見るたびに、不吉な考えが頭をもたげてくる。もし準がいなくなってしまったら、今の自分はいったいどうなってしまうのだろう。

「ママー、ママー」準の声が聞こえる。その時慎一の後ろ姿が見えたような気がした。

座ったまま、うたた寝をしてしまったようだった。

気付くと山下さんの姿が目の前にあった。山下さんのすべすべした手が、久美子の手を握る。山下さんは何も言わずに久美子の手に両手を重ね、その手を慈しむようにじっと見つめている。

「こ、子どもが……」

久美子は先程の夢と現実がごっちゃになってしまって、すっかり混乱していた。

山下さんは、黙って久美子の顔を見つめている。

彼女に見つめられていると、それまで崩れ落ちそうだった自分を覆い尽くしていたものがすっと引いていくのを感じた。

リヒテルのピアノの音が流れている。

久美子は、机の上に置かれた土器のかけらを眺めてみる。この土器を使っていた人々の生活とは、いったい何だったのか。その人たちはいったいどんな思いで毎日を送っていたのだろうか。

久美子は微かに目眩がした。欠けた土器の断面が、妙に生々しく感じられた。

片づけを終わったところで、山下さんが久美子に声を掛けてきた。

「坊や、いくつになったんですか？」

「今年の十月で、五歳になりました」

「そう。かわいい盛りね。大事にしてあげなくちゃ」

時計の針が五時になるのを確認すると、久美子は自転車のある場所に向かった。

保育園では、部屋の隅で準が一人でブロックを積み上げて遊んでいた。回りを見回すと、他の子どもたちはみんな一緒に絵を描いて遊んでいる。久美子が近づいて声を掛けても、準は聞こえない振りをしている。

「準。遅くなってごめんね」

そう言って久美子は準の頭に手を軽く乗せた。

準はそれでもいつものような笑顔を見せてくれなかった。

「準君のお母さん。準君のことでちょっと……」

そう言って近づいてきたのは、担当の園田先生だった。

――何があったのだろう――

久美子の心臓のあたりがちくりと痛んだ。

「実は準君、今日お友達と喧嘩してしまったんです。それがいつもはとっても仲が良かった子なんですけど、お互いに何かがきっかけで、取っ組み合いの喧嘩して、引き止めたときにはお互いに泣いてしまっていて、話にならなかったんです」

「そのお友達って、もしかしたら、ユウ君ですか?」

「そうなんです。あんなに仲良しだったのに」

よくある子ども同士の諍いは明日には解決するだろうという先生の言葉に少しほっとして準を

連れて自転車の後部座席に座らせる。

オリオン座の輝く南東の空を見ながら、川沿いの道を走る。準は黙って久美子の自転車の後ろに座ってマフラーに顔を埋めていた。

#

小諸さんが蕾の付いた沈丁花の向こう側を犬を連れて歩いていく。二月の寒さも一段落して、寒い日の合間を縫ってほっとするような暖かい日が訪れることがある。空には風がないらしく、柔らかな積雲がとどまっている。

洗濯物を干していると、「ママぁ、ごはんまだぁ」準が起きてきて、寝癖のついた髪をかきながら言う。

「準、ご飯食べたらお散歩に行こうか」

川沿いの遊歩道には冷たい川風が吹いていた。準も久美子も、マフラーに顔を埋める。準は久美子と歩く途中にある遊具の一つひとつに引っかかる。

滑り台をして、シーソーをして、ブランコに乗って、鉄棒にぶら下がって、一通り納得がいくと久美子と手をつないでまた歩き出す。

久美子は、持ってきたパンのくずを準と一緒に川に投げて鳥を呼んだ。この時期は、ユリカモメが、パンをちぎって投げているのを見つけるとどこからともなく集まってきた。

「いざこととはん都鳥」

そう言いながら、久美子が細かくちぎったパンを投げると、ユリカモメの群れが空中に浮かびながら器用にパンをくわえる。

「いざこことわんってなに？　ママぁー」

「さあ、質問するよカモメさん達って言う意味よ」

「なにをしつもんするの？」

「何にしようか？　準は何がいい」

「えーっとねー、トトが天国でさみしがらずにちゃんとくらしていますかって」

その言葉を聞いて久美子は思わず赤いマフラーで顔を覆った。涙が止めどなく流れ出るのを準に見られないようにしたかった。

#

第二収蔵庫の冷たい空気が、この頃になってようやく温んできた。ストーブはついているのだが、ドアや窓などから入る隙間風が部屋の温度を下げている。こうして部屋の中にいる山下さんの姿は、繭の中で頻りに糸を編んでいる蚕のイメージだった。

帰ると買い物に出かけ、夕食の用意をする。食事が終われば、準の衣類と自分の衣類を別々に洗濯する。準の衣類は洗剤にも気をつけなければならない。準を風呂に入れた後、準の手足にプロペトを塗り包帯でぐるぐる巻きにする。包帯で巻かないと、寝ている間に掻いてしまうからだった。この頃はずいぶんアトピーも治ってきたが油断は禁物だった。洗濯物は、翌朝晴れているときには、必ず天日に干す。それだけのことだったが、一日は、それだけのことをするのにフル稼働。寝る前に少しだけ、テレビを見たり、のんびりする時間がある程度。誰にも知られない何気ない毎日。久美子はそれでもそのことを不満に思ったことはない。家に帰れば、次々にこなしていかなければならない目立たない些細な仕事。そんなほんの少しの隙間の中に、第二収蔵庫の日々があった。山下さんの姿を見てほっと救われるような時間を過ごすことが、久美子には必要だった。

山下さんは、リヒテルのピアノの音の中で繭を編むように土器を修復し続けている。このままでいい。このまま静かな時間が過ぎ、時間になって準を迎えに行き、家に帰って準と過ごす毎日が続くなら後は何もいらない。そんなことを考えながら、久美子は目の前のテーブルの上の土器を一つ一つ丁寧に組み合わせていった。

日曜日、準は朝早くから目を覚まして、寝ている久美子の布団の上に乗ってきて、「早く江ノ島行こう」と張り切っている。

前日、久美子が江ノ島に行くと準に話してから急に準も乗り気になった。久美子は急いでおにぎりを作る。

支度を終えて自転車の後ろに準を乗せ、ペダルをこぐ。

駅まで自転車で行って江ノ電に乗るのだ。江ノ電は準の要望だった。ホームで待っていると、緑色の古い電車の後ろに、紺のボディーでレトロ調のおしゃれな電車が連結されていた。すかさず準はその車両の一番前のボックス席に座った。電車が走り出し、ゆっくりと景色が変わっていく。前には曲がりくねった線路が見える。準と一緒に線路を見つめていると、遙かな遠い気持ちになってくる。

江ノ島駅で降りて、昔ながらの参道を通る。江ノ島にこうして改めて足を運ぶのは久美子が高校生の時以来だった。射的とスマートボールが驚いたことにまだ同じところにあった。

　準は例によっておもちゃの店に引っかかっては納得がいくまで見ると、また歩き出す。桟橋では、満潮のためか、たくさんの釣り人たちが竿を構えていた。バケツの中には小さなきらきらした魚が一つ二つはいっているものもあった。

　土産物屋を通って、階段を上る。江ノ島神社にお参りをする。準はいつもお金を入れる役をやりたがる。そして、賽銭箱に完全に入らないと、手でほかのお金まで中に落とした。

　植物園にはいると、いたずら書きだらけのサボテンが相変わらず同じ場所にあった。

「灯台に上ろうか、準」

　久美子が言うと準が喜ぶ。エレベーターが下りてきて、長く勤めていそうな老人がドアを開けてくれる。あっという間に上に到着し、降りた途端に準が体を寄せてきた。

「ママー、こわいよー。下に穴があいてるよ」

　そう言われれば、地上から遙かに上った灯台の足場の板は隙間だらけで、そこからは下の植物園が見えている。

　風が吹くと塔全体が揺らぐように感じる。

「準見てごらん。景色が最高よ。向こうに見えるのが富士山だわ」

そう言って久美子は、烏帽子岩の向こう側に霞んでいる富士山を指さす。

準はそんなことには全く興味がないらしく、外側には足を踏み込めないようだった。

準がたまらなくなったらしいのを見兼ねてエレベーターで降り、園内をぶらぶら散歩する。ちょっとした動物園があって、クジャクや鶏やウサギが飼われていた。見物客がちらほら見える。

植物園を出て、島をぐるりと回るように歩く。南側の海が一望できる景色のよい店があったので、そこに入ってサザエの壺焼きと刺身とイカ焼きを注文した。

料理を盆に乗せて持ってきたおばさんが、準の頭を軽く撫でて行った。気付くと準は口の周りを醤油だらけにしてイカを頬張っていた。久美子は準の顔をじっと見つめた。

外一面に広がる海の上には風が吹いていて、海面にはさざ波がたっていた。沖の方に釣り船が走っていく。空には莢雲がいくつも浮かんでいる。

店を出て階段を下り、岩場に出た。準は海を間近にして喜んでいる。

「準、海のそばに行っちゃいけませんよ」久美子が声を掛けると「わかってる」と振り向きもしないで、準が答える。

準は、岩場にできた水たまりの中をしきりに覗いて、何かいないか探しているようだった。沖の方を見ていた久美子の視界に巨大な波が膨れあがる。それは真っ白な波しぶきとともに押し寄せてきて準を攫って行ってしまう。

「準！　こっちに来なさい」

叫びにも似た久美子の声に、準が怪訝な顔つきで振り向く。

久美子は準の方に走って行き、いきなり準をきつく抱きしめる。

「準、ママが守ってあげるからね。どこにも行かないでね、準」

#

四月になった。沈丁花が、甘い香りを周囲に漂わせていた。その向こうを小諸さんが、犬を連れて散歩に出ていた。

久美子は洗濯物を干しながら、「おはようございます」と声を掛けた。いつもなら、小諸さんは、そのまま通り過ぎてしまうはずだった。

「あっ、おはようございます」

そう言って会釈した小諸さんの顔は、普段の俯き加減の冷たさはなかった。そして、すぐ後に「沈丁花がいい匂いですね」と言う言葉が返ってきた。

――そういう人もいるさ。人と関わるのが面倒なんじゃないの。うっかり関わってあれこれ言われたくないのかもしれない――

ふと、慎一の言葉を思い出した。もしかしたら、彼女にも何か生活上の変化が訪れたのかもしれない。久美子はそう思った。

数日後、小諸さんの家の前に引っ越しのトラックが来て、あっという間に荷物を積み込んで行ってしまった。以前から、洗濯物一つ干していなかった小諸さんの家は、ついにカーテンさえなくなった。

洗濯物を干していると、家の前のゲートボール場の土手に、何枚もの紙切れが風になぶられてひらひらしている。何だろうと目を凝らすと、それが女性のヌード写真を切り離したものであることがすぐにわかった。いつか、道路の上に、書いてあった落書きのことを思い出した。久美子の中に、また嫌なものが胚胎し始める。

窓を閉めて、部屋の掃除にとりかかる。

掃除機のスイッチを入れると、いつもと違う異様な音が部屋の中に響く。

「どうしたのかしら、こんな音出なかったのに」

そう一人呟きながら、掃除機の吸い取り口を覗いてみるが、何も詰まっている様子はない。外を見やると、風がますます強くなって、外の塵を渦のように巻き上げている。

ミユウ

ミュウと出会ったのは、十月半ばの月の綺麗な夜だった。金星がか細い三日月の弦の右上にあった。ミュウは会社の裏側にある駐車場で月に向かって鳴いていた。僕が近づくと、ミュウは警戒して腰を低くした後、振り返って僕をじっと見つめた。この瞬間に何かが通じ合ったのだろう。その後すぐ僕の手のとどく所まで来て顎を撫でさせてくれた。

ミュウの鼻の下から顎にかけての線に何故か僕は惹かれた。特に変わったところのない猫だったが、僕にはミュウが特別な存在に思えた。

――僕のために現れてくれた白い猫――

僕はミュウとの出会いをそんな風に考えてみた。

ミュウは不思議な猫だった。僕が考えていることが分かっている節があり、昼休みに一人で外へ出て買ってきたサンドイッチの昼食をとっていると、そこにふらりと現れたり、会社に着くと玄関の前に座って待っていたりした。

僕はミュウを人間の女の子みたいだと思った。ミュウは雌だったが、野良猫のわりにはその白い毛並みが艶やかだった。仕事の合間に、外に出てミュウに餌をやったり、ミュウに触れたりするのが、僕の毎日の楽しみになった。

僕の勤めている会社は、経営不振で、来年には隣の駅にある支社と統合合併することになっていた。その時には大幅な人員削減があり、ここの会社はなくなり、隣の駅に引っ越すことになるわけだが、そんなことが決まってから、慌てて働きだす者がいたり、上司に取り入ったりする者もいたが、僕はそんなことにはあまり興味がなかった。そして、来年の今頃は、僕はきっとこの会社にはいないだろうという漠然とした予感があった。

僕は会社にいるつまらない人間達より、ミュウが好きになった。ミュウの存在は僕にとって不可欠なものになった。ミュウがいつでも僕を見つめていた。僕は家に帰って過ごす時間の中で、ミュウの存在の部分だけの欠如を感じた。そして、今、ここにミュウがいたらということばかりを考えた。僕はこの頃、とても喉が渇く。喉の粘膜が乾いて、吐き気がしてくると、水をよく飲んだ。

月曜日になって仕事が始まり、昼の休憩時間になるとミュウは僕に向かって微笑んだ。そして、ミューと不思議な声で鳴くのだった。小さな化粧品会社だったので、女子社員の数が比較的多かった。

僕は、仕事中他の女子社員達のように喋らなかった。淡々と仕事をこなし、時間になると帰った。また、残業をさせるだけの余裕も、この会社にはなかったといった方が当たっていたかもしれない。

女子社員達は、家の子どものことや休日に行った服の店のこと。そして小さな声でありながら聞こえよがしに話す上司の悪口や不倫の噂。

彼女たちは、僕の存在には全く気づかないように振る舞った。僕もその方が気楽でよかった。僕が会社に入りたての頃は若い男子社員が少ないこともあって、仕事の仕方を丁寧に教えてもらったり、飲み会に誘われたりもしたのだが、僕がそれ以上のことを期待しないのを知ってつまらなくなったのか、あるいは生意気だと思うのか、いつの間にか僕の存在は彼女たちの視野から消えていた。ただ一人、吉岡さんという女子社員だけは別で、僕に対していつまでも親切にしてくれていた。吉岡さんは、二年前に三歳の子供を自動車事故で亡くし、ご主人と離婚したという噂を会社に入りたての頃聞いたことがあった。

昼休みになると、コンビニで買ったサンドイッチと缶コーヒーとキャットフードの缶詰を持って、南側にある裏門に行く。ミュウは僕が行く場所で待っている。空がどこまでも青く、雲は白い。こうして会社の裏門でミュウと一緒に昼食をとっていることが、とても幸せに思えてくる。時間というものが、止まってしまったような感覚を覚える。日差しの中にある光の粒子が、眼の中に入ってくる。ミュウが僕を見つめている。光がこんなに煌びやかで、空がこんなに青く丸いものだと知ったのもこの頃だった。

春でもないのに、ミュウの近くに雄猫達が現れ始めたのはその頃になってからだった。白いミュウとは対照的な真っ黒や茶色の猫だった。猫達が、時にじゃれているような様子を見て僕は、苦笑した。ミュウもこうして僕から離れて行ってしまうのだと思った。しかし、よく観察していると、ミュウはその雄猫達に少し辟易している風だった。

それは、何匹かで転がりながら、軽くひっかき合っている間に、ミュウが僕の方を気にかけているのに気づいてからだった。それから、僕は雄猫達が少し憎くなった。時々、ミュウがいない時などに見かけると、小石を投げたりした。猫達はそんな僕の気配を察すると、すぐに隠れるようになり、少なくとも僕の見ている前では、ミュウに近づかなくなった。

雄猫に嫉妬している自分が妙だったが、ミュウは特別だった。僕は今まで猫に対してこんな気持になったことはなかったし、こんなに猫のことで頭がいっぱいになったのも初めての経験だった。

休日になるとミュウの不在が欠如の感覚として、風が吹くような感覚と同時に僕を襲ってきた。そんな思いが強くなってから、僕は、動物を飼ってはいけないことになっているマンションの一室にミュウをそっと連れ帰った。

リビングの隅に箱を置き、毛布を敷いてミュウの寝床を用意した。しかし、ミュウはそこで寝ることはなく、僕のベッドの中に必ず潜り込んできた。

僕はミュウと眠りながら、大きな宇宙の夢を見た。そこでは、ミュウは人間の女の子だった。僕はその女の子の顔が、猫のミュウと全く印象が変わらないのに驚いた。鼻から顎にかけての線がしなやかだった。その線が僕を惹きつけていたのは間違いなかった。そして、肩から腕の線も細いGペンでなぞったように綺麗だった。僕は宇宙の中で、女の子のミュウと一緒に月の裏側を見たり、土星の輪の色を数えたりして過ごした。土星の色は殆どが鉄錆色の縞模様だったが、それを取り巻く氷の輪は美しく瞬時に色を変えた。

誰にも邪魔されない僕とミュウの生活は快適だった。缶詰めのキャットフードを食べた後にミュウは必ず、毛づくろいをした。リビングの床に長々と横になってしなやかな体を横たえているミュウは、その体の中にしたたかな野生を秘めているように見えた。

ミュウが部屋に来てから、僕は少しだけ幸福になった。自分以外の誰かのために自分がいるということを意識できたからだ。仕事が終わり、マンションに帰るとミュウはエントランスで座って待っていた。

「ただいま」と言って僕はミュウを抱き上げ、エレベーターに乗る。部屋の扉を開けて、リビングに入る。そして、ビートルズの音楽をかける。ポール・マッカートニーの優しい声はミュウも気に入っているようだった。僕が好きなのは「I will」という曲だった。僕がメロディーを口ずさむと、ミュウも歌った。僕らはいつまでもソファーの上で、ビートルズを聴いていた。僕はそれだけで満足だった。ベッドに入ると、ミュウも布団の中に潜り込んでくる。僕の足下からやってきて、体の横を通り抜け、僕の胸のあたりで丸くなった。不思議なことは、必ず宇宙の夢を見ることだった。

宇宙の中で女の子になったミュウに会うのが楽しみだった。顎の線の綺麗な、二十代の女の子のミュウは、そっと僕の手を引いて宇宙を泳いでくれた。ダイビングで海の中を泳ぐように、足をばたつかせると、すうっと体が進んだ。星と星の間を泳いで渡ったり、大きなプレアデス星団の幾重にも重なる光の中で長い間僕らは見つめ合っていた。

夢が終わるのは悲しかった。女の子になったミュウはにこりと笑って「さよなら」を言った。その笑顔の印象が僕の中にいつまでも残った。

朝、会社に出かける準備をしている間、ミュウは僕の後からついてきて、僕のやること全てをすぐ後ろで見ていた。部屋を出る時、僕はミュウも外に出してやった。

ミュウを抱えてエレベーターで降りる時、十階で乗ってきた小太りな黒い眼鏡を掛けたおばさんが僕を睨んだ。マンションで動物を飼うことへの無言の非難がその皺の寄った目元に露骨に現れていた。

ミュウは僕が帰るのを駐車場で座って待っていた。車から降りるとミュウを抱き、ジャケットの中に隠してエレベーターに乗った。ミュウは頭のよい猫だったので、十階の小太りなおばさんの視線を僕と同じように感じていたのだろう。エレベーターに乗っている間決して鳴き声を上げることはなかった。おばさんの眼鏡は黒々と怪しく、縁についている螺鈿細工が異様な色に光っていた。

会社の同僚の吉岡さんが、僕の部屋を突然訪れたのは、冬の寒さがこれから始まる十二月の中旬のことだった。吉岡さんは三つ年上で、僕を弟のように思っていて、いつも何かと気を遣ってくれていた。音大で声楽をやっていた人で、澄んだ声で「おはよう」と挨拶されると、それだけで彼女がこの職場にいる価値があるような気がした。ただ、その声はどこか寂しげで、吉岡さんの声を聞く度に交通事故でなくなったという三歳の男の子のことを考えた。

僕の部屋へは、もう一人の同僚の矢沢さんと一緒に訪れたことがあったので、覚えていたのだろう。一人できたのはその時が初めてだった。

川沿いのマンションの十五階は、いつも強い風が吹いていていたし、ベランダから見える星の瞬きはとても魅力的だった。

「準くん、今日どうして会社の忘年会に来なかったの?」

少し頬を赤くした吉岡さんは、二次会の帰りらしかった。

「いや、特に理由はないんですけど」

吉岡さんはソファーの上のミュウを見つけると、ソファーに近づいて座りながらミュウを膝に乗せた。少し首を傾けてミュウを見つめるその優しい眼差しの中にかつて母であったはずの彼女の姿が垣間見えた。

「この猫、どこかで見たことあるわね」

そう言って吉岡さんは、ミュウの顔をじっと覗き込んだ。

「そうだ、会社の駐車場にいつもいたネコね」

吉岡さんがそっとミュウの鼻を撫でた。

僕が鼻を撫でると鳴くはずだったが、その時ミュウは何故か鳴かなかった。

僕は吉岡さんに昨日買ってきたばかりのコーヒーを淹れようと台所に立った。吉岡さんは疲れたのか、ミュウを抱いたまま、ソファーの上で軽く居眠りの状態に入っているようだった。

「吉岡さん。コーヒーはいりましたよ」

居眠りしている吉岡さんに、そっと囁くようにそう言うと、吉岡さんは目を開けて「ごめんなさい。疲れてたからつい居眠りなんかしちゃって」

そう言って彼女は、僕が淹れたコーヒーに軽く口をつけて一口飲んだ。

ミュウは彼女の膝から降りて、ソファーの脇で、じっと僕らの様子を見ている。

「準くん。申し訳ないけど、今日ここに泊めてくれる？」

コーヒーカップを口に運びながら、吉岡さんはいとも簡単にそんなことを言い出す。

「それはかまいませんけど」

僕とミュウと吉岡さんの間に、妙な静寂が訪れてしまったので、僕は音楽をかけようと思った。

「吉岡さんは、どんな音楽がいいですか？」

「キース・ジャレットはある?」

「えっ?　意外だな。ジャズ聴くんですか」

「声楽科出てるからって、クラシックとは限らないのよ。フォークソングだって聴くし」

当然クラシックだろうと思っていて、ラックの中のモーツァルトに伸ばしかけていた手を引っ込めて、隣のトランクルームの中のレコードを捜し始めた。キース・ジャレットは学生時代にレコードでよく聴いていたからだった。レコードの背表紙にキースの文字を探しながら僕の頭の中はこれからの吉岡さんとの時間の過ごし方でいっぱいになっていた。

「プレーヤーがまだあるのね」

吉岡さんは、オーディオラックの上に乗っている、ダイレクトドライブのプレーヤーに軽く手を触れながら言う。

「はい。今でもレコードはよく聴くんです」

彼女の少しカールした肩までのしなやかな髪は照明の下で少し茶色がかって見え、その下から自然に続く細い首の線が、どこかミュウの鼻から顎にかけての線に似ていた。

「ラクスマンの真空管アンプにスプレンドールのスピーカーか。キミなかなか凝るタイプかもね」

「まあ」

レコードに針を落とすと、微かなノイズがあり、懐かしいキースの煌びやかなピアノの音がスピーカーから流れてくる。

時間は午前三時を刻んでいた。明日は休日だったので、仕事の心配はなかった。

吉岡さんは明け方まで、音楽を聴くとそのままソファーにもたれかかるようにして眠ってしまった。僕が、毛布を掛けようと手を伸ばすと、吉岡さんの白い手が僕の首に伸びてきた。

僕はそのまま、吉岡さんとソファーにもたれ毛布の中に入った。眠っているはずの吉岡さんの手が、僕の体の色々な所を生きているように動いた。

吉岡さんはこうして僕に触れたくてやってきたのだなと思った。

暫く僕は吉岡さんにされるままに身を任せていた。僕の中心部で燃えるような火が点くのを感じたが、敢えてその情熱はやり過ごすことにした。

吉岡さんは、長い間僕の体を優しく撫でた。僕の中心に手を伸ばして、それをそっと包み、静かに指を動かした。固くなったそれは今にも爆発寸前だったが、僕はそれを必至になって堪えた。

そんな僕の様子を見て、吉岡さんは笑っているように見えた。

「準くん」

吉岡さんが綺麗な声でそう言うのが聞こえた。

その声を聞いた途端に、僕は大きく揺らいだ。

吉岡さんの声が、僕を覆っていく。ミュウと一緒に毎夜見ていた綺麗な宇宙の夢も、もうどうでもよかった。

翌朝、早く起きてみると、ミュウがいなくなっていた。

吉岡さんが、僕のベッドの上で眠っていた。

僕は、吉岡さんを起こさないようにして、朝食の準備を始めた。

まず、お湯を沸かし、コーヒーを淹れた。部屋にコーヒーの香りが満ちる頃、吉岡さんが目覚めたようだった。

「おはよう、準くん」

吉岡さんの綺麗な声は、朝になった今も、僕をしびれさせた。

吉岡さんと休日の午前中を過ごす間、僕は彼女が会社の同僚であること、会社がじきに統合されて、僕も彼女もどうなるか分からないことなど、ややこしいことを全て忘れた。

ミュウの不在が、どこかで僕を駆り立てていたが、いまはそっとこの時間を過ごすことに身を任せていたかった。

吉岡さんは、昼になる前にさりげない仕草で、「さよなら」と言って帰って行った。

ミュウを捜し始めたのは、吉岡さんが帰って行った後、僕の中にぽっかりできた穴に気づいてからだった。

ミュウがいなくなって最初の夜、いつもの宇宙の夢が現れないことで、僕はミュウの気持が僕から離れかけていることに気がついた。女の子になったミュウも現れてくれなかった。そして、やはりあれはミュウそのものだったのだと思った。

ミュウの不在は、ちょうどミュウをこの部屋に連れてくる前以上に大きく僕を脅かすようになっていた。僕は夜眠れなくなった。

仕事場では、吉岡さんはいつもと少しも変わらず働いていたし、僕も黙々と仕事に励んだ。仕事が終わると、僕は急いで家に帰り、ミュウを捜しに家の周辺を出歩いた。

僕が悪かったのだと思った。吉岡さんが部屋に来たのは彼女の気まぐれで、偶然のことだったとしても、ミュウの存在を全く忘れていた自分が、今では取り返しのつかない不覚であったことを悟った。

吉岡さんが酔って訪れた時、僕はコーヒーを出して帰ってもらうべきだった。

しかし、僕にはその勇気がなかった。それだけのことだった。

あの時、ミュウをただの猫だと思っていた。ミュウはただの猫ではない。特別の存在なのだ。ミュウがいなくなった今、やっとそのことに気づいた。

公園のベンチや、ゴミ捨て場あたりを探しても、ミュウらしい猫の姿は見当たらなかった。ミュウの毛並みは、他のどんな猫とも少し違っていた。そして、その微妙な違いは多分僕にしか分からなかった。ミュウの鼻から顎にかけての綺麗な線の魅力も、多分僕にしか分からないに違いない。他のどんな人にも、ミュウはただの猫にしか見えないだろう。でも、僕には分かる。ミュウが僕という存在のために必要な魂として生まれてきたことを。

僕は毎日、外を探し回りながら、大きな声でミュウを呼んだ。ミュウはどこにもいなかった。ただ、十階の小太りな黒縁眼鏡のおばさんが、ミュウを探している僕を笑ったような顔つきで見た時、僕はミュウがこの人にどこかに連れて行かれたのではないかと思うようになった。名簿で名前を調べると、一〇〇五号室の近田さんであることが分かった。

吉岡さんは、あれから時々、僕の部屋を訪れるようになった。

僕は吉岡さんを早く帰してしまおうとも思ったが、結局そんなことはできはしなかった。吉岡さんは、あの日と同じように、音楽を聴いた後、そっと僕の体に触れ、耳元で「準くん」と澄んだ声で囁いた。全て、吉岡さんのペースだった。僕もそんな彼女の声の中にいたかった。彼女も僕もお互いの何を求めていたのだろう。

ミュウが雨の日にずぶ濡れになって、マンションのエントランスの傍らで震えていたのは、それから一ヶ月後のことだった。一月後半の寒い雨の夜。僕は初め、ミュウを見た時、違う猫なのではないかと思うほどミュウはボロボロだった。

僕は急いでミュウを部屋に連れて帰り、風呂に入れた。以前光っていた白い毛の輝きは失われ、鼻から顎の線も、痩せてしまったせいか、綺麗ではなくなっていた。

「ごめんよ。ミュウ。僕がいけなかったんだね」

タオルで体を拭きながら、僕はミュウを抱きしめた。

「ミュウ」と消え入るような声でミュウは鳴いた。

骨と皮ばかりになったミュウは、どこで何をしていたのだろう。

十階に住む黒縁眼鏡の近田さんにミュウが見つからないように、それ以降彼女を部屋の外に出すことをやめた。

僕は、暖房の効いた部屋で、ミュウを膝に乗せながら、色々なことを考えた。

その夜もミュウは女の子になって夢の中に現れることはなかった。宇宙の夢を見ることもできなかった。多分、ミュウはその力を使い果たしてしまったのだろう。

僕は不可思議な幾何学模様ばかりの夢の中で、人間になったミュウを求めていた。

夢から覚めると、カーテンの向こうは薄明るくなっていた。僕の横には、ミュウが丸くなって眠っていた。僕はそっとミュウに触れると少し安心した。

仕事に出かけなければならないのが辛かった。でも、それももう少しの辛抱かもしれないと思えば気が楽になった。


そして、それは突然やってきた。

空気が澄み渡って、微細な水蒸気の結晶が鼻を刺激するような寒い二月の朝だった。仕事場に着いてみると、いつもと少し雰囲気が違っていた。窓際で向かい合っていたはずの吉岡さんと、僕のデスクがなかった。

間もなく部長が来て、僕を呼んだ。そして、その後に吉岡さんを呼んだ。

あまりの意外さに、頭の中がよくまとまらなかった。僕と吉岡さんのことは、会社で密かな噂になっていたらしい。でも、そんなにことは僕にとってはどうでもいいことだった。

その日、僕たちは、他の同僚達の同情と哀れみと安堵を混ぜ合わせたような複雑な視線に見送られながら、退社した。

いつかこうなる日が来ることを考えてはいたものの、実際そうなってみると、惨めで、洞穴にでも入りたい気分だった。

「準くん。今日は一緒にいてくれる？」

職員玄関で、吉岡さんがそう言った。

「いいですよ」

僕も吉岡さんもこのまま帰ると、小さな細胞に砕け散ってしまいそうなくらい落ち込んでいた。

僕の車の中で、吉岡さんはじっと目を閉じていた。

そして、粉々になりそうな心を鎮めるように小さな声でアメイジング・グレイスを口ずさんでいた。

僕と吉岡さんは、エレベーターのスイッチを押して、エレベーターが十五階から一階まで降りてくるのを待った。エレベーターが降りてくると、中から出てきたのは十階に住む近田さんだった。近田さんは僕たち二人の顔をじっと覗き込むようにしながら、外に出て行った。

「あの、申し訳ないんですが、やっぱり吉岡さんの所に行ってもいいですか？」

ミュウがまたいなくなってしまうことが心配だった。

「えっ、どうしたの、急に。でもいいわよ。準くん一度も来てなかったものね」

僕たちはすぐに引き返し、吉岡さんの住むR町まで車を飛ばした。

吉岡さんのマンションは静かな郊外にあり、五階のベランダからは西側に富士山や丹沢が綺麗に見えた。

「いい所に住んでいたんですね」

「よかったら、ここに越してきてもいいわよ。私達とりあえず明日から行く所ないんだし。こんな時にお互い一人でいるって惨めでしょう」

吉岡さんは、キッチンに立って、後ろ向きの姿勢のままそう言った。

「僕は、猫がいるから」

「あら、この前の。なんて言ったっけ」

「ミュウです」

「猫ちゃんも一緒に連れてくれば」

「ミュウはこの前家出してから、どこに行っていたのか、すっかり痩せこけちゃってるから、栄養とらせないといけないんです」

吉岡さんは鈴のような声で笑った後、こう言った。

「あら、ここに来たって栄養はとれるわよ」

吉岡さんの澄んだ声で、そう言われると、すぐにでもそうした方がいいような気になるのが不思議だった。

吉岡さんは、熱い紅茶を淹れてくれた。この成り行きに任せた方が僕も退屈しなくて済むような気がしたし、少なくとも不幸ではなかった。吉岡さんの声を毎日聞けるのも魅力の一つだった。


翌日、僕はミュウを連れて、簡単な生活必需品だけ持って、吉岡さんのマンションに来た。自分の部屋はどうしようか迷ったのだが、また戻ってくるような予感もあったし、とりあえず生活が落ち着くまでは確保しておこうと思った。

僕と吉岡さんは、会社のことはすっかり忘れた暮らしを始めた。

それは当面二人にとって、とてもよいことに違いなかった。

吉岡さんは服のセンスが良かった。自分という存在を引き立たせる色や形を良く理解していて、その時の自分に合った服を身に着けるのがうまかった。

そして、どんな時にも、ゆったりとしたテンポの喋り方を変えることはなかった。僕はその声のスピードとトーンの中にいる時、とても幸せな気持になることができた。

ミュウも初めは警戒していたようだったが、そのうちにソファーでくつろぐようになり、吉岡さんの膝の上で喉を鳴らしたりするようになった。そして、次第に僕と出会った頃のミュウに戻りつつあった。戻らないのは、夜見る夢の中で、女の子になったミュウに会えないことだけだった。

「ミュウ、いつになったら会えるんだ」

僕は幾何学模様の夢の中でそう叫んでいた。自分の声で目が覚めてみると、隣では吉岡さんが静かな寝息を立てていた。

ミュウは、ベッドの中に入ってくることはなくなり、リビングに置かれた箱の中で丸くなって眠っていた。

翌朝、吉岡さんが「昨日、ミュウ、いつになったら会えるんだって言ってたけど、その猫ちゃんのこと?」と僕にさりげなく聞いた。

その途端、リビングに横になっていたミュウと僕は目が合ってしまった。

「そうなんです。ミュウと僕は気持が通じ合っているところがあって」

「まあ、猫ちゃんなら許してあげよう」

吉岡さんはそう言って、にこりと笑う。

「でも準くん。キミはいつになったら、私に心開いてくれるのかな？　その言葉遣い」

「えっ、僕ですか？　なんだか、吉岡さんには、この言葉遣いの方が合っているような気がするものですから」

「ま、いいや。うるさいこと言っても始まらないものね。私たち二人、郊外の静かなマンションの一室で肩寄せ合って生きてるって、たぶん一人でいることより素敵なことなのよね」

吉岡さんは、そんな風に僕たちのことを表現して、淋しげな表情で微笑んだ。

「僕たちって、肩寄せ合って生きているんですね、やっぱり」

職場をあんな形でお払い箱になってから、僕と吉岡さんの関係は急激に変化したように思えた。お互い淋しかったのだと思う。でも、僕にはミュウがいたはずだった。ミュウと毎晩見る夢の中で、僕は本当の自分に出会うことができたはずだ。それが、一体どうなってしまったのだろう。

吉岡さんと暮らすようになって一年が経った。

その頃から、セイレーンというギリシャ神話の怪物のことを思うようになった。海の中で、セイレーンの声に惹かれた水夫達は、舟ごと海に呑み込まれていった。そして、吉岡さんとの暮らしが、突然暗い深海のように思われて恐くなることがあった。吉岡さんの声に惹かれた僕は、何かに呑み込まれつつあるのかもしれない。

僕が眠りかけていると、隣の部屋でセイレーンの声が聞こえた。僕は目を覚まし、聞き耳を立てた。そして、セイレーンの声の正体を知るために、そっと隣の部屋を覗いた。隣の部屋のドアーは開けっ放しになっていた。そして、そこにはライティングデスクに向かって何かを見つめながら、冷たい風のようにすすり泣いている吉岡さんの後ろ姿があった。傍らに置いてあったワインの入ったグラスが吉岡さんの手の動きと微妙にずれて、フローリングの床に落ちて割れた。音はそれほど大きくはなく微かな音がしただけだった。

僕と吉岡さんの生活はいつまでも長続きはしなかった。僕らは、ばらばらな暮らしを一つの部屋の中に集めたような暮らしぶりに疲れ始めていた。

僕は規則的な生活を望んでいたし、吉岡さんは不規則な思いつきの生活を欲していた。それは何かが訪れるまでとりあえずそうしているとでも言えばいい暮らしぶりで、そこにはかつて二人がお互いに求めた救いのようなものはすでに失われていた。

一緒にいると中毒になりそうな空気の中で、いつしか僕らは朝起きて食事をした後は別々に行動するようになっていた。その方が楽だった。

僕は、ミュウと出会ったときの空の青さが恋しくなり始めてもいた。あの頃感じた、一種の清らかさのようなもの。吉岡さんの声は、いつの間にか僕にとってセイレーンの恐怖を伴い始めていた。それは、惹かれるが故の恐ろしさのようなものだった。

僕と吉岡さんの生活は、架空の海に浮いた蜃気楼のようなものだったのかもしれない。ミュウと出会ってから僕の中にあった、きらきらした眩しいような輝かしさが、そこにはなかった。

僕らは知っていた。物事には始まりがあって、終わりがあることを。

吉岡さんが留守の間、僕はリビングで本を読んでいた。ミュウが、ふと何かに気づいたように歩いて行ったのが見えた。上に電話の載せられたガラス戸棚で、そのなかに不自然に横たえられている物が目についた。それは、写真立てだった。いつか彼女が深夜に隣の部屋で啜り泣いていた時に手に持っていたものだというのが分かった。今までもあったのに違いなかったが、その日にこの写真立てに気づいたことは何かの暗示のようでもあった。

写真には、彼女の亡くした子どもと別れたご主人と一緒に、煌めくような笑顔で写っている吉岡さんの笑顔があった。その時に見た彼女の笑顔が僕には少なからずショックだった。こんな素敵な時間を彼女は過ごしたのだなと思った。彼女は何かの拍子にその大切なものをあっという間に奪われてしまったのだった。ちょうど彼女の手から滑り落ちたワイングラスのように。

僕はその写真をすぐに元通りガラス戸棚の中にしまっておいた。そして、ベランダの椅子に座って、いつまでも窓から見える丹沢の山々が暮れていくのを見つめていた。

ある朝、食事を作っている僕に向かって、吉岡さんが切り出した言葉が、僕のなかにいつまでも棘のように残った。

「こうしていつまで暮らしていれば、私たち、楽になれるんだろう」

この頃無口だった吉岡さんは、ずっとそんなことを考えているようだった。

僕は、今の自分たちの状況をそのまま言葉にされたような気がした。

そんな時、ミュウが夢のなかに久しぶりに女の子の姿で現れた。

「準くん、行ってはダメよ」

女の子のミュウは、そんな言葉を残してすぐに消えてしまった。

吉岡さんは、その日遅く帰ってきた。僕が「食事は?」と聞くと、もう済ましてきたと答えた。どこかで飲んできたのだろうか、アルコールが匂った。

ソファーで眠り込んでしまった吉岡さんを、抱き上げて、ベッドまで運ぶ途中、吉岡さんの目から涙がこぼれ、その目がそっと開いた。彼女の目をその時程近くで見たことはなかったような気がした。淋しい深淵のような色をその瞳はたたえていた。

「準君にいつまでもこんなふうに迷惑かけててもね」

そんな言葉が聞こえた。

僕は何も言えなかった。

吉岡さんは苦しんでいるのだなと思ったら、何故か僕の目からも涙がこぼれた。写真の中の彼女の笑顔が今の彼女の上にオーバーラップした。

ベッドの上に仰向けになった吉岡さんが、僕の手をそっと握った。僕は自然にベッドに腰掛けて、じっと彼女の手を見つめた。

吉岡さんは僕の体に触れて、いつもするように掌で、身体を撫でていった。

「準くん。このまま……」

優しい声に包まれた切なく尖ったものが、僕をえぐるのが分かった。

彼女を引き留めるにはどうしたらいいのか。そんなことを二、三秒考えた。そして、その瞬間が僕にはもどかしい程長く感じられた。

「準くん、行ってはダメよ」昨日現れた女の子のミュウが言った言葉が、僕の頭のなかにこだましていた。ミュウはこの事が分かっていたのだろうか。しかし、吉岡さんを放っておくわけにはいかなかった。しかし、優しさが、彼女をもっと深く傷つけるかもしれないとも思った。

――僕は傷つくのだろうか――

その問い自体が重かった。どちらにせよ、僕は自分を責めなければならないような気がしたからだ。

ミュウの言葉に従うべきなのか、吉岡さんと一緒に行ってしまった方がいいのだろうか。今自分がこの世の中から消えてしまっても、誰にも迷惑がかかることはないのかもしれない。僕はそんな風に考えた。

「今なら透明なまま、いなくなれるような気がするわ」

吉岡さんが目を閉じたまま、そう言うのが風の囁きのように聞こえた。その声も言葉も魅力的だった。そして、今以外にその言葉に従う瞬間はないかもしれないと思った。

僕らは、それから長い間、ベッドの上に横たわっていた。窓から見える空の色が、透明な濃紺から、薄桃色に変わり、朱色に変化していく様子をじっと二人で見ていた。

吉岡さんは何を考え、僕は何を思っていたのだろう。

そのうちに、思い立ったように吉岡さんは起きあがり、リビングに行って、何かを探していた。しばらくして部屋に戻った彼女は瀬戸物の器の上に乗った物にライターで火をつけているようだった。微かな光で照らされた彼女の姿が、その時突然セイレーンの形に見えた。

南国の果物の香りが匂った。どうやらそれは香のようだった。

甘い香りを嗅いでいるうちに、瞼が重くなってきた。とろりとしたコロイド状のものが脳を覆っていくような気がした。吉岡さんが、僕の側に横たわるのが分かったが、僕はもう身動きできない状態だった。

「準くん。ごめんね」

吉岡さんがそう囁くように僕に言うのが聞こえた。

僕の意識は次第に失われていった。このまま目覚めることはないのかもしれないと思ったが、それも、もうどうでもよかった。

自分がどうなってしまおうと、何が起ころうと、それはその時のことだという気持ちが僕を重く覆っていった。

消えていく意識の中で、僕たちはどこまでも深く落ちていった。海の中のようでもあり、大気の中のようでもあった。冷たい空気が僕らを覆った。

ずっと向こうに、小さな光が見えた。

――あれは何だろう――

そう思っていると、その光は次第に大きくなった。その光がこちらに近づいているのだと言うことが分かった。

――準くん――

その声は、隣にいるはずの吉岡さんから聞こえた。

吉岡さんはまだ起きているのだろうか。

――準くん――

吉岡さんの声ではなかった。

――ミュウ！――

僕は心の中でそう叫んだ。

女の子になったミュウの姿は、中空に浮き上がって見えた。

そして、その姿が次第に発光して白くなっていく。体全体が白い光に包まれた時、ミュウの手が僕に向かって差し伸べられた。ミュウの手に触れた僕の体は、白い光に包まれて一瞬熱いような温度を感じた。

宙に浮かんでいた僕の体は、途端にまた落ち始めた。

どれほどの時間が過ぎたのだろう。僕は、むせ返るような香の匂いの中で目覚めた。頭が痛かった。香の中には、催眠性のものが混入されていたのにちがいなかった。

吉岡さんは、いつからこんなことを考えていたのだろうか。

隣に寝ているはずの吉岡さんの方にそっと体を向けた。吉岡さんは、かすかな笑みを浮かべて静かに眠っていた。そっと彼女の顔に手の甲を当ててみた。微かな息吹が感じられるはずだったが、何も手には感じられなかった。

起きあがって、彼女の胸に耳をつけてみた。

――吉岡さん……――

僕は溜息とも戸惑いともつかない呟きを漏らした。

吉岡さんの体は微かな熱を残してはいたものの、生命の息吹は全てその体から失われていた。

僕は何かを諦めるように、横たわっている彼女の横に仰向けになろうとした。そうして、初めてベッドの下に落ちている多量の睡眠薬の殻を目にしたのだった。

吉岡さんは行ってしまった。彼女が長い間抱えていた淋しさや哀しさを、きっと僕は理解できなかったのだと思う。彼女が僕をここに招いたのも、きっと彼女は一人きりでこの結末を予想するのが堪えられなかったのではないだろうか。

いつの間にかミュウが部屋の中に入ってきていた。

「ミュウ……」

僕は力無く、この小さな動物に自分の抱えている無力の全てを託すような気持ちで名前を呼んだ。

ミュウは僕の悲しみに応えるように鳴いた。

僕はベッドから降りて、ミュウを抱き上げ、窓の外を見た。

外は煌めくような太陽が世界の全てを塗り替えてしまったように輝いていた。

風景の女

その頃、僕は駅前にある、全く商売気の無い喫茶店に入り浸っていた。そこはコーヒー一杯で、何時間ねばってもよかったし、書き物をするために持ってきた漢和辞典を本棚にキープすることもできた。会社の終わった後や、日曜日になると、僕はそこへ行って書き物をしたり、本を読んだりした。

吉野さんはその喫茶店で働いていた。クラシックのかかるその場所に彼女はよく似合っていた。そして、その落ち着いた空気の中でじっとしていると、僕を含めて吉野さんまでが一つの風景になってしまったような気がすることがあった。

店に来る客層は、ほとんどが常連だった。進学塾の教師や市民運動の話をしにやってくる元気な主婦たち、そして何をやっているのだか分からない、芸術家タイプの人。シナリオライター。そして、品のいい老人たち。女流の漫画家。

その店は半分はギャラリーとして使っていたから、時々展覧会をやったときに手頃な水彩画を幾つか買ったこともあった。

夏は風通しの良い窓とドアーを開け放ってくれるので、長居してもクーラーで冷え切ることはなかったし、冬は適度な暖房と換気で喉が乾くこともなかった。

その頃アパートに帰ると、必ず夜の九時に電話が入った。それは決まって別れた彼女からだった。彼女とは大学時代に付き合っていたのだが、僕が就職してからも、彼女との関係は暫らく続いていた。いつも会って映画を観たり、どこかを歩いたりして、食事をする。そして、時々ホテルやアパートの部屋で身体を交わし合う。何時の間にか僕はそんなパターンに飽き始めていた。そして、彼女と二人でいる時よりも、その喫茶店で一人過ごす時間の方が、大切に思えるようになった。

僕の中には、もともと彼女の方から近付いてきたのだからという気持ちが働いていた。そんな自分がとても卑怯で嫌になるときもあったが、そんな時は近くのジャズ喫茶で酔っ払って音の中に逃げ込んでしまえば忘れることはできた。

彼女と別れ話をしたのは春だった。そして、その頃はもう夏になっていた。彼女は僕の冷たさを冷たさとして受け止めてくれたものの、まだ燃え残った分の自分の情熱を全く冷め切った僕のアパートに夜九時きっかりに電話することで紛らしていたのだと思う。彼女の電話を受けるたびに話がなく、沈黙することが多かった。そして、その電話は回を重ねるたびに僕の重荷になっていった。でも、そんな彼女の燃え残った気持ちを引き受けるのが、せめてもの彼女に対する誠意だと僕は思っていた。

「ごめんなさいね、私だけいつまでもこんなことしていて、あなたを苦しめてしまって」彼女は電話を切るときに必ずこう言った。

彼女にそう言われる時が一番辛かった。何故僕の方が彼女に嫌われなかったのだろう。そうすればもっと楽だったかもしれない。そんなことを考えた。彼女はいつも僕のアパートに来るときには、綺麗な格好をして食事の材料を買ってきて作ってくれた。そんな彼女を何度部屋の中で抱いたことだろう。木枯らしが吹き抜ける音が、窓の外に聞こえ始めた頃、罪の意識が僕の表情を暗くし始めていた。だから、僕は一人の時間が欲しかったのだろうと思う。一人になるために、駅前の吉野さんのいる喫茶店に通い始めたのだった。店は吉野さん一人の時が多かったが、たまに、もう一人ヒロミさんという女性がいるときがあった。

ヒロミさんは店のオーナーで、たまにしかやってこなかった。彼女がいる時といない時は随分店の空気が違っていた。彼女は吉野さんとは逆のタイプの女性で、元気で溌剌とした感じの女性だった。歳は分からなかったが、三十代に見えた。吉野さんは僕と同じくらいだったが、どちらかというと控えめで影があった。本を読んでいても、ヒロミさんの方から声を掛けられて、世間話をすることはあっても、吉野さんに話し掛けられることはめったになかった。店にいて昼になると、近くのパン屋でサンドイッチを買ってきて、店で食べた。これもヒロミさんがいいと言ってくれたからだった。

そこに通い始めてからどれくらいだったろうか。僕は別れた彼女を恐れ始めていた。電話の声は次第に重く暗くなっていき、もしかしたら、彼女は死んでしまうかもしれないとさえ思ったくらいだった。もっと明るく別れたかった。一つの恋の終わりはそんなものだと決めてかかっていたのに、彼女はなかなか終わりにできない自分の気持ちに戸惑っている様子だった。そんな彼女の思いが重くて、自分だけが安全な場所にいることが辛かった。自分が傷つけば、彼女の気持ちも分かるだろうと思った。それで、何の脈絡もなく、初めて入ったアパートの近くのファミリーレストランで微笑みかけてくれた若いウェイトレスに声を掛けた。髪型はポニーテールで、えくぼの素敵な女の子だった。彼女は学生だったが、はじめ僕の様子をからかっているのだと思っている様子だった。

僕は毎夜、その店で食事をした。彼女は僕の所に来なくなった。それでもなんとかチャンスを見つけては彼女に話し掛けた。彼女の迷惑そうな顔がよく分かった。僕は半ば自棄だった。嫌な顔をされながらもしつこく話し掛けることで、もっともっと嫌われようと自虐的になることに快感すら感じていた。彼女の電話番号を聞いて、電話もした。それでも彼女は素っ気なかった。当たり前だと思った。自分一人ででたらめに動き回っているのを相手はさぞシラっとした気持ちでいるだろうなと思った。

しかし、面白いものだ。そんな動きの中に、分からない謎の人物が登場して、僕の演技は終わらざるをえなかった。というのは、彼女に僕以外の男が深夜電話を掛けていたらしかったのだった。

彼女は僕以外にはそんな電話の相手は思いつかなかったらしく、ある時、激した調子で僕に言った。

「深夜に悪戯電話掛けたりするのはやめてください！」

彼女のとげとげしい言葉が、僕の座った席の周りに散らばるのを感じた。その時改めて、そんな風に思われている自分に愕然とした。それは僕ではない。他の誰かの悪戯だと繰り返したが結局彼女には分かってもらえなかった。分かったのは彼女が僕をそれ位の存在にしか考えていなかったことだった。

それ以来、僕はその店には行かなくなった。随分経ってから、彼女がバス停に立っていたのを見つけて、車で駅まで送ったことがあった。その時は彼女も少し落ち着いて僕と片言の世間話をしたから、きっと疑惑は晴れていたのだろう。彼女とはそれきりだった。それきりになっても僕は傷ついていなかった。

別れた彼女が一度、僕に吉田拓郎のコンサートのチケットを送ってくれたことがあった。僕は何故行ってしまったのだろう。余計に彼女を傷つけることになるのを予感しながら。帰りに彼女に引き止められて、お茶を飲んだ。予想どおりの展開だった。彼女は僕に会ったということだけで表情を輝かせていた。辛かった。そして、別れ際に行かないでと泣く彼女に「もう二度と会うことはしない」と告げた。何という汚い別れ方だったのだろう。別れ方にその人間が出るという。その点では、人間的に僕は最低だった。追い詰められて、こんな汚い別れ方しかできない自分はこのまま消えてしまった方が世の中のためになるのではないかと思った。

僕は精神安定剤を買って、多量に飲んだり、水彩絵の具を水で溶いて、飲んだりした。そんなどうなるか分からない不安定に揺れる自分を漸く現実に留めてくれたのが、吉野さんのいる喫茶店だったのだ。僕はそこで、何度も別れた彼女のことを小説にしようと考えていた。しかし、それは生々し過ぎてとても言葉になって出てきてはくれなかった。彼女から電話が来なくなったとき、これまでの出鱈目だった自分のことを少し冷静に考えるチャンスがあった。そんな時にその店に来る漫画家の女の子と同人誌を作ろうという話になった。僕はちょっとした偶然から出たその話をかなり真剣に考えていた。そして、その新たなものの準備に唯一の希望を持った。

それから、僕はその女の子としばしば吉野さんの喫茶店で打ち合せをした。その頃、彼女の友達だという田代くんと会った。田代くんは彼女の高校時代の先輩だった。彼は僕に自己紹介するときに、精神を患って国立大学を中退し、家庭教師で脱税しながら食べている、と笑いながら僕に告げたのが印象的だった。

しかし、そんな彼の人柄に僕は惹かれ、好感を持った。僕と漫画家の石田さんと田代くんの三人は急速に親しくなっていき、僕は今まで重かった冬からやっと楽しい季節が来る夢を見た。彼女も田代くんも筆が早く、すぐに原稿の締切には原稿が集まって、さっそくそれが一つの同人誌になって僕の手元に入ったとき、僕はどれほど輝かしい実感を感じたことだろう。

吉野さんもヒロミさんも、僕らの同人誌の出版を祝ってくれた。出版記念と称して、田代くんと石田さんと三人で飲んだときに、田代くんは、吉野さんのことが気に入っているのだと言った。その言い方は、酔いに任せて言ったにしてはタイミングを待ち受けていたような言い方だった。その告白に僕も石田さんも顔を見合わせた。彼女はその時、僕に「それなら、田代くんの恋を成就させる会を発足しましょうよ」と冗談混じりに言った。僕はその時曖昧な返事をしながら、どこかで、うまくいかないのではないかと思っていた。

石田さんが女の子を紹介してくれたのもちょうどその頃だった。色白で目が大きく清潔な感じの女の子だった。吉野さんのいる店で、その女の子とぎこちなく話をしている間、吉野さんはがちゃがちゃと、いつになく音を立ててコップを洗っていた。

翌週の日曜日に、その女の子とまた吉野さんのいる店で待ち合わせをし、車に乗って横浜の美術館にジャコメッティー展を観に行った。しかし、僕はその女の子と一緒にいながら、いつまで経っても何も感じることができなかった。ジャコメッティーの縦に消えてしまうような彫刻の線の哀しさだけがとても切実に感じられた。

もう永遠に癒されることはないのかもしれないとすら思いながら、僕は展覧会を見ていた。帰りに家の前まで送る途中、その女の子は父親が作家志望だったことを教えてくれた。そして、同人誌の僕の作品をとても良かったと誉めてくれた後、また遊んでくださいと言った。そして、そのままその女の子とは二度と会うことはなかった。

五月になった。休日に何もする事が無く、いつものように吉野さんのいる店に行った。その日は何もしなくても気分が良かった。夏の予感が自分をそんな気持ちにさせているのだろうと思った。その日は珍しく客の来ない日だった。ゴールデンウィークの直前の日曜日だったから、皆早々とどこかへ出掛けてしまったのかもしれないねと彼女と話した。彼女は、その時何を思ったのか、「じゃあ、四時までにもし誰も来なかったら、店を閉めるから、箱根にドライブに連れてって」と言った。

僕は突然の思いつきのようにそう言う彼女の言葉に圧倒されながら、

「じゃあ、四時までに一人でも来たら、僕にラーメンをおごってくれ」と言った。

どっちにしたところで、損のない賭けだった。それでもそのうち誰かが来るだろうという僕の予想は裏切られ、ついにその日は四時まで、僕以外に店を訪れるものはいなかった。

そして、その日僕は吉野さんと箱根まで車を飛ばした。喫茶店の中では大人っぽく見えた彼女も、車の中で見ると少し幼く感じられた。

「山本くんが来るようになってちょうど一年になるわ」吉野さんは上り坂のカーブを切る僕にそう言った。

そう言われて、僕も去年の五月のことを思い出していた。そして、どこかで存在感を失いつつある別れた彼女をほんの少しだけ懐かしく感じた。

何時の間にか日が沈んですっかり暗くなっていた。お玉が池にさしかかったとき、僕は悪戯心を起こして車を停めた。辺りには車もなく、誰も人はいなかった。

車から降りた吉野さんは、暗がりを怖がる風もなく「気持ちいい風」と小さく呟いて、池の見える場所に立って髪を掻き上げるような仕草をした。確かに湖面を滑って吹いてくる風は強すぎもせず、心地よく感じられた。そんな風の中に立っている吉野さんはいつも喫茶店のカウンターの中にいるのとは別人のように生き生きして見えた。

「私、もう風景だなんて言われたくないわ」突然何を思ったのか、彼女はそんなことを言った。車を出すときにボンネットから何か軽い物が落ちるような音がしたようだったが、気のせいかとその時は思っていた。

それからまた車に乗って芦ノ湖の湖畔まで行った。僕が、お腹すかないと聞くと彼女はラーメンを食べようと即座に言った。僕らは湖畔にある小さなラーメン屋でラーメンを食べた。そして、また車に乗った。暫らく走ってから、彼女が山のホテルのティールームでコーヒーでも飲もうと言った。

山のホテルのティールームはとても雰囲気が良かった。窓越しの灯りに照らされたたくさんのツツジの花が見えた。運ばれてきたコーヒーを一口飲んだ。「吉野さんの淹れてくれたコーヒーとは比較にならないくらいおいしくない」と小さな声で言うと彼女はうれしそうに微笑んだ。彼女の微笑んだ顔を見ながら、何故彼女が突然こんな所に来ようと提案したのかを考えないわけにはいかなかった。

　そして、僕が石田さんの紹介してくれた女の子と待ち合わせて、ぎこちなく話している間に、彼女ががちゃがちゃと音を立ててコップを洗っていた風景が蘇った。

　その事を考えると僕の中に複雑な気持ちがもつれた糸のようにからまり始めた。それから、僕の中に急に別れた彼女に対して持っていたのと同じ冷たさが隙をついて頭をもたげてくるのを感じていた。その思いは僕の中に諦めに似た悲しみを運んできた。別れた彼女との間にいつまでも蟠っていたあの重苦しさ。あの重苦しさを僕はまた抱え始めているのかもしれない。

　喫茶店を出て再び湖畔で車を停めた。彼女は誰も人のいない真っ暗な湖畔に立って、風に吹かれながら、明らかに僕を待っていた。彼女の遠くを見つめる目が、それを物語っていた。僕は、こんな願ってもないチャンスに遭遇したことの偶然を扱いかねる一方で、何故か彼女を警戒した。もうあの重苦しさの中で過ごすのは嫌だった。また、そうなるような気がした。

「今日はなぜこんなに人がいないんだろう」僕は自分の気持ちをごまかそうと、そんなことを言ってみた。

　僕らはそのまま、何事もなく帰ることにした。車の中で、彼女は来る時の彼女とはどこか違って見えた。それが何故なのかを分かり過ぎていた僕は自分の臆病さを呪いながら、ハンドルを神経質に切っていた。

　そして、再びお玉が池を通り過ぎる時、見慣れたバッグのようなものが、道路脇に落ちているのに気がついた。僕はブレーキをかけて車を停めると、ドアーを開けてそれに近付いてみた。

「私のバッグだわ」

　そう言えば、彼女が来るときに抱えていたはずの茶色いバッグを彼女は持っていなかった。ラーメン屋で金を払うときに気づくべきだったが、それほど僕らは急いでいて上の空だったということなのだろう。彼女が払うわと言ったのを静止して、僕が金を払ったのだった。それにしても彼女は何故今まで気がつかなかったのだろう。そして、こんな所に何故あったのだろう。彼女にそう言うと、彼女は急に笑いだした。

「来るときにここで車を停めて外に出たときに、バッグをボンネットの上に置きっぱなしにしちゃったのよ」

　彼女は、さり気なく言った。

「よく他の車に踏まれなかったね」

「今日は人も車も少ない日なのよ。運がよかったのね」

そう彼女は言い、見つかったバッグには全く執着していない様子だった。

車の中で、彼女はこんなことを言った。

「どうせ一度落としたものだから、バッグの財布の中身、全部使って帰りましょう」

僕はそれを冗談だと思った。海岸道路を走っていると、彼女がそう言って間もなく、左側にけばけばしいネオンが見え始めた。モーテルのネオンだった。彼女の言った言葉とこのタイミングがあまりに合っていることに一種のおかしさすら感じながら、僕はそのまま車を走らせた。

彼女の家の前まで来て、彼女を降ろそうとすると、彼女は暫らくこのまま話していこうと言う。僕も別に帰っても用事がないからかまわないと言うと、彼女はぽつりぽつりととりとめのない話をした。

尖った何かが僕の背中に突きつけられているのを感じた。ついにきたのだなと思いながら、僕はそれを気づかぬ素振りでのらりくらりとかわしていた。

田代くんの恋の行方はどうなってしまうのだろうと思った。何故今まで、そんなことに気づかなかったのだろうとこんな時になって、彼女と箱根をドライブしてしまったことを後悔していた。このままいけば僕は裏切り者だった。そして一方で、もう重苦しい思いはまっぴらだという感情が僕を覆い始めていた。僕の車から降りようとしない彼女を見ながら、僕は全く別のことを考えていた。別れた彼女ともこんなことがあった。

あれは、別れようという気持ちが僕の中のかなりの部分を占め始めた頃のデートの帰りだったと思う。彼女にさよならを言って、彼女を車から降ろそうとすると、彼女は僕のそんな気持ちに気づいたのか、なかなか車を降りようとしなかった。彼女を説得して帰らせようとしても、彼女は知らんぷりで、助手席に座り続けた。僕の中に、訳の分からない焦りのようなものが起りかけたとき、彼女はドアーを開けて降りながら、僕のそれまでの慌てようを嘲笑うように言った。

「慌ててるのね。じゃあ、帰ってあげる」

あの時、既に彼女ははっきりと別れの兆しを感じていたのだろう。

吉野さんは、隣のシートにもたれたまま、僕の考えとは全く違うことを話し続けた。僕は黙って彼女が話すのを聞いていた。彼女は僕が聞いていようが聞いていまいが関係ない様子だった。話の内容は他愛のないものだった。そして、一通り話し終わると、ドアーを開けて帰って行った。

アパートに戻って、ひどく疲れているのに気づいた。冷蔵庫の中からビールを出して飲むと、ベッドの上に転がった。「疲れた」と言葉に出して言ってみた。にもかかわらず、いつまで経っても眠ることができなかった。気持ちと身体が、このままばらばらになってしまうのではないかと思った。

その翌日、珍しく吉野さんのいる喫茶店には行かなかった。ひどく疲れていたから、仕事を終えるとアパートに戻ってすぐに寝ようと思っていた。

田代くんから電話があった。今日飲まないかという電話だったが、疲れていると言って断った。

その後すぐに吉野さんから電話があった。皮肉なタイミングだった。

「今日来なかったのね。私今、近くにいるんだけど。山本くんの所に遊びに行ってもいいかしら」彼女は、途切れ途切れに喋った。

曖昧な返事をしながら、「今眠っていたんだ」と僕は言った。

それから五分くらい経って、僕のアパートの玄関のブザーが鳴った。ドアースコープから見ると、吉野さんが思い詰めたような顔で立っているのが見えた。また、あの重苦しい気分を思い出しかけていた。彼女を部屋に入れて、コーヒーを淹れている間、僕たちは何も話さなかった。沈黙の重みを僕は鼻歌に変えようとした。僕は吉田拓郎の歌が好きだった。その頃、拓郎は「マラソン」という歌を歌っていた。悲しいメロディーだった。

テーブルの上にコーヒーを出すとき、マラソンのメロディーをまだ口ずさんでいた。自分の気持ちを隠すときに、鼻歌はけっこう便利だなと思った。

コーヒーを飲んでもまだ、僕たちは話がなかった。いたたまれなくなって、僕は彼女の前でギターを取り出して弾き始めた。彼女はそんな僕を黙って見つめていた。

それからどれくらい僕はギターを弾いていたろうか。

「山本くん、ギター弾くのうまいのね」

彼女のそんな言葉に僕はギターを弾く手を止めた。

僕はその時、自分は、怖くて仕方がなくて、あの重苦しさから逃げたくて仕方なくて、今こうしているんだと言いたかった。

彼女は座ったままじっと何かを待っている。僕は自分の行動が待たれていることをこれ以上はぐらかしていることはできないと考え始めていた。そんな中で、特に話らしい話もしないまま、時計は刻々と時間を刻んでいった。僕の中にあるもうひとつの別の気持ちが、それまでの逃げだしたがっている自分を凌駕しはじめたとき、吉野さんの姿が急に艶かしいものに変わり始めた。

僕が立ち上がって部屋の電気を消したとき彼女は小さく「あっ」と言う声を上げた。それから僕は自分でやっていることがよく分からなくなっていた。

ベッドの上に彼女を転がして、彼女のブラウスのボタンを外している間、どこか遠いところで自分自身を嗤っている自分がいた。

――また同じ事を繰り返そうとしているのだ――

そんな自分の中の声を知らぬげに、彼女を裸にして、細い彼女の身体に触れた。彼女はその間何も抵抗しなかった。僕はそんな彼女を、今さえ良ければいいという気持ちになって抱いた。

暗闇の中で見る、僕が抱いてしまった彼女は、もう喫茶店の風景のような魅力的な彼女ではなくなってしまっていた。それでも、僕は数日後、彼女のいる喫茶店に行って、彼女の仕事の終わるのを待って彼女をアパートに誘った。自分でもよく分からなかった。破滅願望だったのだろうか。それとも、それも一種の愛だったのだろうか。

僕は恐れという言葉を頭の片隅に潜ませながら、度々自分のアパートで彼女を抱いた。そして、彼女のいる喫茶店に行き、ヒロミさんと楽しげに話をした。

店にはいつも常連がいた。石田さんと会うと、心が痛んだ。彼女がいつか「田代くんの恋を成就する会」に僕を誘ったのが忘れられなかった。

田代くんとはそれから度々喫茶店で出くわした。そのたびに、なぜか冗舌に彼と喋った。そして、彼の様子が変わっていないか、僕と吉野さんとの関係に気づいていないかとびくびくしていた。ふと、田代君の視線を追っていくと、吉野さんに行き着くことに気づいたとき、ちくりと痛いものが背筋を這うような感じがした。

ある時、吉野さんが沈んだ顔で僕のアパートを訪ねてきた。いつもと違う感じの彼女にいつものようにコーヒーを淹れた。

「私、今日、田代くんに言われちゃった」

「何を？」

「山本くん、知ってたくせに」

「いや、ずっと前だけど同人誌の仕事で集まっていて、酔いの戯れに彼が君のことを言っていたことがあるのは知っていたけど」

「ずっと前から？」

微妙な表情の彼女が何を言おうとしているのかが、よく分かった。暫くコーヒーカップに口をつけたまま、黙っていた。

「ずるいわね。そうやっていつも逃げようとしている。私には分かるわ。あの時だって、ほんの成り行き任せに過ぎないのよ。私が箱根に行こうなんて言って、箱根に行って、翌日電話して押し掛けて行ったから、その成り行きに逃げ込んだんだわ。私のことなんか本当は何とも思っていないのよ」

彼女はそう激し気味に言った後、はっとしたような顔をして続けた。

「そう言えば、山本くんにここ以外に誘われたことなんかなかったわ」

下を向いたまま力なく言った彼女の顔が不憫だった。

そして、彼女の目の前に立っている自分が、言い訳もできなくなってしまった落ちぶれた詐欺師のように思えてきた。彼女を抱いた翌日、店に行って笑いながらヒロミさんや田代君達と話していた僕を彼女はどれほど軽蔑していたことだろう。あの時の光景が目の前に浮かび、僕は恥ずかしさで顔が赤らむのを感じた。

「ねえ、山本くん。本当のことを言って。お願い」

「僕には、よく分からないんだ。ただ、あの店の静かなクラシック音楽の中に風景のような君がいた。それだけさ」

「私、風景なんて、嫌だって言ったでしょう。どうして、あなたにはそれが分からないの」

彼女の声はいつか涙声に変わっていた。彼女の肩を抱こうか抱くまいか迷った。またいつもと同じことになりそうだった。そして、その後に押し寄せてくる彼女の疑問と僕の姿なき実態。はっきりしているのは、今ここで彼女を愛していると断言できないもどかしさだけだった。そう言ってしまうことが、僕を永遠に縛りつけてしまうような気がした。彼女はその日、そのまま帰って行った。

僕は玄関まで彼女を送り出し、彼女の目を見ないようにドアーを閉めた。彼女の目を見てしまうと、自分の中にあるやみがたい衝動を押さえ切れなくなるような気がした。それから暫らく、吉野さんのいる喫茶店には行かなかった。どんな顔をして行ったらいいのかが分からなかった。休みの日には、部屋でギターを弾いて過ごした。夜になると電話が掛かった。誰からか分からなかったが、吉野さんのような気がしたので、受話器をとるのをやめておいた。

――やはり思ったとおりになった――

少しでも動こうとすると僕を支配してしまう重苦しさ。そして、僕はそれから逃れようと逃げ続けてきた。吉野さんにはそんな僕の逃げ腰が分かってしまったらしい。

電話のベルは、十回鳴ったところで一度止まった。そして、十分ほどしてまた掛かった。ベッドの上で、天井を見つめていた僕は、その音が次第に自分の胸の中に刺さってくるような痛さを感じ始めた。

近くにあった座布団をかぶせても、音は聞こえた。どんなに聞かないようにしようとしても、そうすればするだけ落ち着かなくなってしまう。ベルはまだ鳴っている。かぶせた座布団を放り投げて、破れかぶれになって受話器を耳にあてる。別れた彼女の電話ですっかり習慣になっていて、こちらの名前を言わずに沈黙したまま受話器をとると、電話の向こう側で男の声が聞こえる。その声で、今までの緊張が全て消えてしまい、拍子抜けしたように僕は返事をする。

「ああ、僕だけど。何回電話してもいないからさ。どうしたのかなと思ってね。同人誌の事も相談したいし。これから行ってもいいだろう。近くに居るんだ」

田代くんだった。僕は曖昧な返事をしながら、田代くんへの安心が声になって出たのだろうか。彼は「じゃ行くから」と一方的に電話を切った。

彼がアパートに来るまでにあまり時間はかからなかった。

「山本くん。今日はゆっくり飲もうよ。明日は仕事かい？」

「まあ、そうだけど。そんなに忙しくないから付き合うよ」

僕がそう言うと、田代くんはビニール袋に入れて持ってきた瓶ビールの栓をいっぺんに三本も抜いてしまった。相当の量になりそうだなと僕は観念した。

僕らは暫らく愉快にビールを飲み交わした。そして、彼が持ってきた瓶のビールは全て飲んでしまい、冷蔵庫から罐ビールも出した。そして、それもすぐに飲んでしまった。

「僕は、物理の人間だから、きわめて、世界の有り様は物理的に見えているはずだ。ただ、それを人と比較できないのが残念だけどね。この前、同人誌に僕が書いた小説もね、実は物理的視点から見た人間像が狙いなんだ」

「突飛な発想だったから、僕も驚いたよ。三角関係で、マドンナを勝ち取るのが実は猿だったなんてね」

「あれは文明史的アイロニーさ、きわめて身近な例の」

「それはどういう？」

　僕は最初その意味が分からなかった。そして、彼の口の端を曲げたような笑いの表情の中に、どこか僕を刺すようなものが宿っているのに気づいたのはその後だった。

「マドンナっていうのが吉野さんで、猿なのは君だからさ」

　僕は田代くんの言葉に、一瞬息が詰まるような感じがした。その時の彼の目が僕を責めているように見えたからだ。彼が僕と吉野さんのことを全て知っていて、その事を今目前で当て擦っているようにさえ思えた。彼女が田代くんに全てを話したのだろうか。もしそうだとしたら、彼女は一体どういうタイプの人間なのだろう。急に僕の中にあった吉野さんの全体像が大きくくずれていくのを僕は恐れ始めていた。そして、今日突然田代くんが僕の所に来たわけもわかったような気がした。

　吉野さんはもしかしたら、田代くんの気持ちを知りながら僕に近付いて、僕らの動きを試して楽しんでいるのではないか。先日僕の所にきたときのことも、実は全て演技だったのではないか。そう考えるとなんだか辻褄が合った。そして、僕の中に吉野さんに対する怒りの感情のようなものが、急に頭をもたげた。

「何を考えているんだい、山本くん。さっきから、僕の話には上の空だね」

気づくと田代くんが、僕の顔を訝しげに覗き込んでいた。その時、確かに自分は田代くんの言うように猿なのかもしれないと思った。妄想の中で人を憎み始める。そんな資格が自分にあるのかということすら考えられずに。

僕は一方で自分を嫌悪した。田代くんがもし何も知らないとしたら、僕は田代くんに対して、今でも裏切っていることになるのではないか。どちらにしたって、田代くんを裏切っていることに変わりはないのかもしれない自分というものの曖昧さが、急に彼を前にして、大きくのしかかってきた。

「吉野さんと話したのかい？」

僕はそれまでの自分の動揺を隠すようにして、冷静を装いながら言ったが、田代くんは黙っていた。最悪の事態だと思った。

暫く間があった。田代君がその後静かに話し始めた。

「僕がここにきたのは、一人で居たくなかったからなんだ。ついこの前、僕が吉野さんの喫茶店に行くと、ヒロミさんもいなくて僕と吉野さんと二人だけだったんだ。そんな機会は今までだって何度もあったんだけど、僕が吉野さんを意識し始めてから、そういう機会を自分でも避けていたような気がするんだ。僕は自分という人間がどれほど臆病なのかをよく知っている。だから、きっと吉野さんに惚れた時点で、僕は不利になっているんだ。でもその時は妙に楽しくってね。吉野さんはいつものように、僕のつまらない物理の話に耳を傾けてくれたし、僕もいつもよりすらすらと言葉が出たから、その時がチャンスだと思ったんだ。でも、だめだったよ」

最悪の事態を予想したのにもかかわらず、田代くんの話が思わぬ方向に逸れていく。この分では、この先に僕が覚悟していた話が飛び出してくることもないだろう。僕はほっとしていた。自分の今ある罪を意識していながら、とりあえずそれがバレずに済んだというだけで、こんなにもほっとしたり、重くなったりする自分の気持ちというものは一体何なのだろう。心の中では自分の身の上ばかりを考えながら、心にもなく彼のことを案じた言葉を呟いていた。

「君は、はっきりと告白したのか」

「ああ、僕だってそれくらいの勇気がないわけじゃないんだ。でも、だめだった。きっぱり振られたさ」

「彼女は、なんて」

「彼女には、僕の気持ちに答えられない理由があるらしいんだ。それが何だかはっきりとは言わなかったが、僕の存在は、僕が思っているほどには彼女の中には比重がなかったんだな。このことが理由で、ここに来なくならないでねと彼女は言っていたよ。僕はその時、彼女はなんていい人なのかと思った。あそこがなくなったら、僕のようなへんてこな人間は行く場所が無くなってしまうものな」

「僕が猿で、彼女かマドンナだという設定はどうして？」

「あれはただの思いつきさ。そうだったらおもしろいなと思ってね」

「おもしろい？　僕が君を裏切ることになってもか」

「山本くんなら、それでも僕は仕方ないと思ってしまうような気がする」

彼のその言葉は、その時僕の中の全てを照らしだして白日に晒すようだった。僕はその途端彼の前に手をついて、全てを告白してしまおうという衝動に駆られた。そして、そう思いながらも、それができない臆病な自分を呪った。

「それじゃあ、今度は僕が彼女にアタックしてみるかな」

僕は固い声で冗談を言うようにそう言った。田代くんはそれには何も答えなかった。

僕はそれ以来、吉野さんと田代くんに二重に縛られているような罪意識を感じながら日々を過ごした。田代くんの友情も、吉野さんの愛情も裏切ってしまった自分の有り様を僕は今後どのように探っていったらよいのだろう。そんなことばかり考えていた。

自分からこんな袋小路に自分を追いやってしまった愚かしさに僕はじりじり煮られるような日々を送った。仕事は相変わらずつまらなかったし、仕事が終わっても憂鬱だった。吉野さんのいる喫茶店には行きたい気持ちがありながらも、自分の中の罪意識がどうしても、扉を開けることを阻んでいた。

僕は何度も何度も、僕の時間だったはずの喫茶店に足を運ぼうとして躊躇し、そのたびに引き返して、つまらないファミリーレストランでまずいコーヒーをおかわりして時間をつぶした。しかし、僕は全く満たされる事がなかったどころか、日々澱のようにたまっていく生活の重荷がどうにもできずに埋もれ始めていた。

部屋に帰れば、座布団でくるんだ電話の音が気になって深酒をしてしまう。冷蔵庫の中のビールを全部飲んでしまった後、冷酒の瓶を空けようとして吐いてしまい、風呂場で嘔吐の中に目覚めたこともあった。その時はさすがにこんなことをしていたらダメになってしまうのではないかと感じた。しかし、僕の混沌はそれではおさまらず、吉野さんの仕事の終わる時間に、彼女が車を停めている駐車場に行き、彼女を待ち伏せた。

彼女は僕に気づくと、少し構えはしたものの、すぐに何かを察したようだった。

「少し話さない？」

そう言った時の僕の言葉が駐車場の空間の中でやけに浮いて聞こえた。

彼女は、赤いジェミニに乗って、僕のバイクの後から、諦めたような顔つきでついてきた。僕のアパートに入ると、僕はカーテンを開けることもしないままに、彼女をベッドの上で抱いた。

その時の彼女の表情の中に、微かに笑っているようなところがあった。彼女を抱いている間、彼女の笑いの意味を考えていた。その時何故か田代くんのことを突然思い出した。

「何故、私を抱いたの？」

彼女の当然過ぎる問いの前に僕は沈黙した。彼女はそんな風に沈黙する僕に対して、わざとそんな問いを投げ掛けているように見えた。

「ただ、こうしたかったからさ」

以前別れた彼女に対して言った言葉を思い出した。彼女も吉野さんと同じように何故自分を抱いたのかと迫ったことがあった。その時にも僕は同じ言葉を呟いたはずだった。

「ずるいわね、相変わらず」

彼女は僕の隣で、天井の一点を見つめながら、そう言った。

「君と僕がこうして、一緒の時を過ごしているという事実だけじゃだめなの」

「今はこのままでいいって言いたいのね。じゃあ、今度田代くんや石田さんの前で私のこと言える？」

僕の求めているのは快楽なのだろうか。それにしては、この一瞬に対する代償のなんと回りくどいことだろう。

夏が近くなっていた。吉野さんの方から、僕に連絡をとることはなくなっていたし、彼女のいる喫茶店にも行かなくなっていた。その間、宙に浮いたようになった時間を僕は過ごした。

久しぶりに田代くんが電話をくれた。明日、江ノ島の花火大会に行かないかという電話だった。そして、驚いたのは、吉野さんも来るからという言葉だった。彼のいつになく生き生きした声の張りに吉野さんの存在があったことは、そのまま僕の気持ちを暗くした。

咄嗟に用事を作って断ろうと思った時、彼がこう言った。

「吉野さんが、山本くんも誘ってくれって言うものだから」

彼の言葉の背後で、僕の逃げる様を見つめている彼女の姿が見えるような気がした。

翌日の午後五時、早めに会社を退けて、待ち合わせをした陸橋の下は、早くも多くの人でごったがえしていた。声を掛けてきたのは、石田さんだった。

「山本くん久しぶりね。店に全然来なかったじゃない。会いたかったわ。同人誌の次の号の話進めなければならないのに」

石田さんは、僕が暫らく店に行かなかったことを責めていた。そして、その言葉で吉野さんからは何も聞いていないことを知った。少し遅れて、田代くんと吉野さんが来た。

「早くおいでよ。いつまでもぐずぐずしていると、座る場所がなくなっちゃうぞ」

そう言って張り切っている田代くんは、僕らをあらかじめ決めておいた場所に案内してくれた。それは土手のようになって削られている場所で、腰を降ろして座るには打ってつけの場所だった。僕らはそこに持ってきたビニールシートを敷いて、買い込んできたビールとつまみを並べた。

海から吹いてくる風が心地よかった。ずっと向こうに江ノ島の灯台が聳えていた。

「あれは陸軍の見張り塔だったんだってね」そう石田さんが言った。

「そう言われてみれば、灯台にしては、高く聳え過ぎていると思ったわ」吉野さんが、無邪気な声で言うのが聞こえた。

「どこから持ってきたんだろう?」

「そこまでは聞いてないから、知らないわ」

「そう言えば、何だかものものしい感じがするわ。でもあれが白いコンクリートかなんかだったら、逆に変な感じがするかもしれないわね」

僕らはそれから乾杯し、僕以外の三人はいよいよ始まる花火にしばし胸を踊らせているように見えた。僕は、時々吉野さんの表情を読もうと様子をうかがったが、いつもと全く変わらない静かな調子だった。しかし、喫茶店で見るのとも、僕のアパートで見るのとも、その時の吉野さんは違った雰囲気だった。

白い薄手のノースリーブのワンピースを纏った彼女の肩からしなやかに伸びた腕を見て、彼女がどちらかと言えば色白ではないことをその時に初めて知ったのだった。

石田さんは、軽快なお喋りで、僕らを和ませてくれたし、田代くんは、とても楽しそうだった。もしこの中で、今の時間を別の時間と比較している者がいるならば、それは僕と吉野さんに違いなかった。今日彼女は心の中にどんなものを潜ませて、僕と田代くんと石田さんを会わせたのだろう。

いよいよ日は暮れていき、江ノ島の姿がシルエットになって見え始める頃、花火の第一弾が上がった。花火の最初の一弾はいつも思うことだが何だか不思議だった。それは、これからだという期待に担われ過ぎて、大きく脹らんだ群衆の思いが、何だ、これなのかというような、思いに取って代る瞬間でもあった。

妙に間の抜けたような第一弾が、火花を散らせながら、海に落ちていく様を息を飲むように群衆は沈黙し、少し出遅れたような拍手の音がばらばらと散らばって次第に大きく輪になっていく。しかし、それは次々に打ち上げられ、次第に軌道に乗っていく花火というイベントの中で何時しか忘れ去られてしまう。

その時、僕の頬にぽつんと大きな水滴が当たった。

「雨だわ」

吉野さんが初めに小さな声で言ったのが聞こえた。

「すぐやむんじゃないの」

田代くんが根拠の無い楽観的なことを言う。

そして、そのうちに空の向こう側でごろごろと雷の音が鳴り始め、随分遅れて辺りが青白く光ったときには、雨は本降りになっていた。

花火見物どころではなくなった群衆は、一斉にその場を立ち、それぞれが駅の方向に向かって駆けて行った。

僕らは取り残されたようにびしょびしょになったシートに座ったまま、辺りを見回していた。

稲妻が僕ら四人を不意に照らしだしたとき、僕は目の前にいた吉野さんの表情が微笑んでいるのをはっきりと見た。僕は、その時の彼女が何を思い、何が可笑しかったのかが捕らえられなかった。

田代くんは、律儀にもゴミをビニール袋の中に入れながらも、「缶と燃えるゴミとで分けなければね」などと悠長なことを言っている。

「あなたって本当に、呑気なのねぇ。こんな時に！」

石田さんが呆れたような声を上げる。

それでいながら、僕らはちっとも慌てずにずぶ濡れになった。僕はその光景を遠くなった目で眺めてでもいるような気になっていた。先程僕が見た吉野さんの微笑も同じかもしれないと思う。そして、そう思ったら、僕の中にあった先程までの重苦しさが急に軽く晴れたものになっていくのが分かった。僕らは四人でこうして雨の中にいる。その事はとても間抜けなことだったが、この激しい夏の夕立が、僕の中にあった淀んだ思いを一気に押し流してくれたのだと考えたら、うれしくなってしまった。僕が意味もなく笑い始めると、皆も何だかそれを待っていたように笑い始めた。

この四人の笑いの清らかさは、僕の心の中に刻まれるようにしみ込んでいき、きっとこのシーンをずっと忘れることはないだろうと考えていた。

「さあ、それじゃあ、これから僕のアパートで飲み直しをしよう！」

皆にそう言った。皆も、とりあえずこの雨をしのぐことができる場所を考えていたらしく、僕の提案はすぐに受け入れられた。

電車に乗って駅に着くまでの間に、僕らの高揚した気分はすっかり意気投合してしまい、吉野さんとの間にあった経緯など忘れても構わないような気分になっていた。アパートに着くと、途中酒屋でしこたま買い込んできたビールをテーブルの上に置いた。

「こんなに重たかったのは、田代くんのせいなのよ！」

石田さんが田代くんを責めるように言う。田代くんがビールは瓶でなければならないという固い信念を持っていて譲らなかったからこんなに重くなったのだというのが、彼女の言い分らしかった。

「だけど、ビールは瓶が一番うまいし、リサイクルも可能なんだ。他の飲み物だって、プラスチックや缶はなるべく廃していかなければ、地球に良くないんだぜ」

「田代くんのエコロジストぶりも徹底しているわね」

僕ら四人は先程の雨に濡れた頭をタオルで拭き、小さなテーブルを囲んで再び乾杯した。そして、僕らは何度も先程の皆の慌てふためいた姿や、自分たちのうすのろな行動を思い出しては笑い合った。

田代くんの本当に楽しそうな笑顔を見ると心が痛んだが、今はその事は忘れて楽しく過ごそうと思った。田代くんが話し始めた。

「芥川の小説に『秋』というのがあるんだ。それはね、かつては恋人同士だった小説家志望の二人が別れて、その妹と姉の恋人が結ばれて過ごしているところに、昔の恋人だった姉が訪ねてくるという話なんだ。はじめは妹の留守の間に姉が訪ねてきて、久しぶりにかつての恋人同士は二人きりになる。男の方はおどおどしながら、お茶なんか淹れるんだ。そして、妹が帰ってきたときに、色々な話をした後、二人はまたかつての気分で、外の鶏小屋なんかを見に行く。妹はそれに気づいて姉に嫉妬する。姉は妹の、夫に飽き足りたような幸せに嫉妬している。姉と妹が二人きりになったとき、姉はその事を強く感じて、帰っていくという話なんだけどね、何度読んでも綺麗な絵のような話なんだ。つまり人間は他人の幸せに嫉妬する動物だというのを芥川は典型的な絵として作品にスケッチしたんだよ。ただ、リアリティーという点から言えば、少しでき過ぎみたいだけどね」

僕はその時、彼の言った「嫉妬」という言葉が気にかかった。

彼女がもし、僕と田代くんを比べているのなら、田代くんと彼女がくっついた時の自分の嫉妬はあるだろうか。いや、それよりも、彼女と僕の今までの関係が田代くんに知られてしまった場合の、彼の嫉妬はどうなのだろうか。彼はこの前、そうなっても仕方がないと思ってしまうかもしれないと言った。本当にそんなものなのだろうか。僕はそれが試してみたくてたまらない衝動に駆られていた。それでいて、それは決してできないことだというのがよく分かっていた。

「私が、山本くんと付き合っていたとしたら、田代くんはどう思う？」

僕のそんな心の中を読んだように、吉野さんがはっきりした口調で言った。

その瞬間、その場にいた皆の身体が固まってしまったように思えた。悪い冗談だと思っているのだろうか。

「由美子、突然何を言うのかと思ったら」

石田さんも慌てているようだった。

「僕は、それでも構わないと思う。仕方がないんだから」

そう言いかけて田代くんは言葉を切った。そして、その後に語られるべき言葉が何なのかは、僕が一番よく分かっていた。

「でも、身近だから嫉妬がないなんて事はないと思うわ。むしろ逆よ」

石田さんが言った。議論好きな彼女は、これを議論の話題にしてしまいたいのに違いなかった。

「知らない人なら、それで仕方がないと思えるかも知れないけど、田代くんにとってそれが山本くんだったら、きっと二人の友情はそれで終わると思うわ」

買ってきたビールはすぐになくなった。先程まであった、わくわくするような楽しさも時間とともに消え失せた。

「じゃあ、山本くん言って。あなたと私との間にあったことを」

「何を言い出すんだ」

「何を怖がっているの。あなたが田代君を裏切ったことがバレること？　それなら隠していることの方がよっぽど罪深いんじゃないかしら」

こんな展開になるとは予想もつかなかった僕はそのまま黙ってしまうより他に仕方がなかった。田代くんの顔色が急に青ざめた。今まで、楽しそうだった彼にはその場面はあまりに残酷過ぎる場面だった。

「吉野さん、僕たちは折角今こうして集まって楽しくやっているんだ。そういうのはどうかと思うな、僕は」

田代くんの言葉が部屋に響いた。どうなってしまうのかと思われたその場の雰囲気は、辛うじて田代くんの一言に支えられているといった感じだった。雰囲気は、皆が飲み乾すビールの数に従って次第に曖昧なものになっていき、いつしか吉野さんのその場任せの粋狂のようになって消えてしまうように見えた。しかし、それは田代君のその場を収めるための演技に過ぎず、吉野さんの顔と田代君の顔には、そのことがまざまざと刻まれていた。たぶん僕の顔にもそれは反映されていただろうと思う。

僕には吉野さんの気持ちがよく分かった。そして、田代くんの気持ちも。石田さんだけが、その場の妙な雰囲気に、首を傾げているようだった。

石田さんと吉野さんは、十二時頃になるとタクシーを呼んで帰って行った。田代くんと僕だけが部屋に残った。二人が帰ってしまった後は、二人で居ても、からっぽのように淋しかった。

「君は、彼女と寝たのか?」

田代くんが唐突にそう言った。

「ああ」

僕はその後に彼からどんな言葉を投げ付けられるのかと構えた。

しかし、田代くんは、少しも激する事がなかった。

「つい成り行きで、二人で箱根に行って、その翌日そういうことになってしまったんだ。それはどういうことだったのか、僕自身もうまく言うことができないでいる。君には」

「それを言っちゃいけない」

　少し沈黙があった。

「そういうことはあり得ることなんだ。ただ、僕や君や彼女がお互い知り合いだっていうことが絡んでいるだけで、何の不思議もないことなんだ。男と女なんだから、どんなことだってあるさ。それ位は僕にも分かる」

「僕は彼女のことが好きなのかどうかさえよく分からないんだ。以前付き合っていた女の子と別れる時もそうだった。その時は確かに好きだったと思っていた。しかし、時が経って次第にそれが色褪せていくと、かつての自分の気持ちまでが嘘だったように思えてきたんだ。そんな自分の曖昧さに僕は腹が立つ時がある。そして、その後は重くのしかかってくるような息苦しさが襲ってくる。一緒に居ても地獄なんだ。今度分かったことは、どれだけ繰り返しても、僕は全く変わらないっていうことなんだ」

「人間の気持ちっていうのは自分も含めて本当にややこしいものだよ。君はまだ、自分の本当の気持ちのサイクルが分かっていないんだな」

「本当の気持ち？」

「そうさ。それが分からないと、そんな重苦しさがずっと付きまとうことになるのさ。こんなことを言っている僕自身も、そのせいで大学を中退しなければならなかったんだ。君と同じなんだよ」

「君も？」

「僕の場合はもっとやっかいなのさ。死ぬのが怖かったんだ。今でも時々そんな気持ちに追いかけられてどうしようもなくなるときがある。いずれ死んでしまうことが分かり切っているのにね」

　田代くんの言葉は、それまでの僕の手前勝手な論理とは全く違っていた。

「死ぬのが怖かったのか……」

　僕は何も言えなくなった代わりに、田代くんの言葉をそのまま自分の口の中で繰り返してみた。そうすることで田代くんの気持ちに届きそうな気がしたからだった。

「いずれ、僕も君も皆死んでいく。これは僕たちだけではない。生き物全ての当たり前の宿命なんだ。だけど。この『だけど』の後が続かなくて困るんだ。この後の重い空白に、僕は何度か捉われた。僕はそれまで、国立大学の研究室にいた。そこで、応用物理の研究をしているうちに、ついそんな考えに捉われてしまったんだ。そして、いつか僕はこの『だけど』と折り合いをつけるために人と話したり、生活をしているような気持ちになったんだ。そしたら、何だか自分のやっていること全てがばかばかしく感じられてね。気づいたら、僕は大学の研究室を飛び出していたんだ。それから、僕は実家に戻って、今みたいに家庭教師をやりながらへんてこりんな生活をして生きている。ただ、不思議なのは、それから僕の頭の中は一層明瞭になったような気がするんだ。僕にはある一定の周期があって、その周期が訪れるたびに、頭の中が以前と比べてかなり飛躍的に整理されていくんだ。そして、大きな世界の仕組みが数式化できるところまで今は来ている。それを君に説明するためには膨大な時間がかかるけどね。いずれこの数式を作って誰にも分かるように証明しようと思っている。でも、それは時々とても怖い事のような気がするんだ」

「難しいことはよく僕には分からないけれど、田代くんはちっともへんてこりんではないよ。僕にも田代くんの気持ちのいくぶんかは理解できる。田代くんの『だけど』の先は僕にも分からない。だから僕はこうして、何度も何度も馬鹿なことを繰り返しているんじゃないかって、今ふっとそう思ったんだ」

その日田代くんは僕のアパートに泊まった。僕も田代君も布団に入っても眠ることができずに話をした。電気を消してしまった部屋の中は広い宇宙のようだった。その広い宇宙の中で、僕と田代くんの意識だけが、反応し合っているのではないかと思ったら、不思議な気持ちになった。

それから暫らく田代くんとは会わなかった。二人で話し合ったことを何度思い出しても、彼の言及が僕の彼への裏切りに及んだ記憶がなかったからだった。その事で、かえって僕は彼に責められているような感じすら持ったほどだった。

田代くんは僕の裏切りを許してくれたのだろうか。僕はそもそも、彼を裏切ったのだろうか。

一ヶ月が過ぎ、夏が終わりかけたとき、不意に田代くんから電話が掛かって、夕方是非会いたいという誘いがあった。時間は、いつか僕たちが江ノ島の花火大会に行ったのと同じ時間だった。

僕はその日、早めにアパートを出て、待ち合わせた駅まで行き、そこの近くの本屋で新しい本を探していた。時計を見ると約束の時間の四十分前だった。その時に田代くんは早くも現れた。

彼は以前に会った時とは明らかに異なる顔つきで、いかにも苦しいといった表情を露わにしながら、愛想笑いを作ろうとして顔を引きつらせた。手には、いつも持っているショルダーバッグを床に引きずるようにして持っていた。

彼に近付くと、周囲を遠巻きにしていた人達が、僕の方を一斉に注目するのが分かった。田代くんのズボンからはシャツがはみ出していたし、引きずった鞄の口が開いて、中にはゴミのようにまるまったノートが見えていたからだった。スローモーションのシーンのように、彼も僕に近寄り、手を上げた。僕は、そんな彼を人目から保護するようにして外に出た。

外は西日が眩しいくらいに輝き、今この現実自体が何かのフィクションではないかと思うほど赤々と風景を染め上げていた。彼は僕より先にふらふらとした足取りで、ある方向に歩いて行った。

それは、小さな居酒屋だったが、中には今見たばかりの西日に染められたような風景が版画になって壁にかかっていた。彼はまず、その壁の版画にそっと触れて何かを呟いたが、よく聞きとることができなかった。そこには店の女の人以外には誰もいなかった。僕は戸惑っていたが、誰もいないここでなら彼も少し落ち着くのかもしれないと思った。

僕らは席に座ってビールを注文した。

「僕はあの本屋で君に会うはずだと思っていた。だから、あそこで君を待っていたのさ」

「えっ？　だって五時に待ち合わせしようって君が」

「君が逃げるのではないかと思ってね」

その言葉に少し驚いた。

「僕は逃げたりなんかしないさ。どうして僕が逃げなければならないんだ？」

「ごめんよ。すぐに元どおりになって君と話ができるはずだから、少しだけ僕に時間をくれ」

そう言って田代くんは、眉間に皺を寄せて目を閉じた。よく見ると彼の目の下には青い隈が出ていた。僕は運ばれてきたビールを田代くんのコップに少しだけ注いで、自分のコップにも注ぎ、飲みながら改めて壁に掛かった版画を見た。その版画は、小さな居酒屋には似合っていなかったが、それだけにどこからでも目につくものだった。

イクラおろしの突出しをつつきながら、僕はこれからのことを考えた。田代くんをなるべく早いうちに家に送り返さなければならないと思った。

すると、その途端に「僕を早いところ家に返そうとしたって僕は帰らないよ」と田代くんが、下を向いたまま呟くように言った。まるで、僕の気持ちを読んでいるかのように思えた。

「田代くん。君がそんな状態なら、いつでも調子が良いときに出直して付き合うから、今日はこれ一杯飲んだら帰ろう」

「君のそんな言葉が聞けるのも今日だけかもしれないからな」

彼は顔を上げて、僕の注いだビールを一気に空けると、自分で瓶を取ってビールを注いだ。

「僕が今日君に会わなければならなかったのには理由があるんだ。それは、この前話したことと少し繋がっているんだが、僕はいよいよまた捉えられ始めたようなんだ。こうしている間にも、僕の存在は大きな意図の中で試されている。それは僕だけではない、君もだ。君はまだ気づいていないかもしれないが、体系的に僕らを駒のように動かして、試している意図が存在するんだ。それは神と呼ばれるものかもしれない。だけど、僕にとってそれは決して認めてはならない存在なんだ。それを認めることは僕自身をなくしてしまうことと同じなんだ。僕は今日是非君に会ってその事を伝えておきたかった」

田代くんは本屋で見かけたときとはうって変わった調子で喋り続けた。

「僕らを試すというのは？」

「君と僕は、吉野さんを通して試されているのさ」

僕はその時確かに、彼の言っていることが理解できるような気がした。

「彼女が試しているのだろうか？」

「いや、彼女ではない。僕と君が会うずっと以前から、僕があそこに行く以前からそれは確かに存在していたんだ。僕の行く先行く先にそいつは待ち伏せて、僕を大きく変えていった。僕はそいつのために、随分曲がってきた。でも、自分というベクトルだけは変えるまいと思って、今頑張っているんだ。その様子も君に是非知ってほしかったんだ」

彼のテンションが高くなっていった。

「僕が、今こんな風に闘っているんだという姿を君に見てほしかったんだ」

彼はそう言って、急にその場に立ち上がり、目の前に掛けてある版画を指差しながら続けた。

「君、こいつの存在に君も気づいたはずだ。さっき僕らが見たばかりの赤い夕焼けをそのままこの場に持ち込んで、僕らの様子を窺っている。こいつらの意図だ」

そう彼は言って、版画に向って拳を思い切りぶつけた。

ガラスの破片が飛んで僕の頬に当たった。立ち上がったままの姿で、拳を突き出している田代くんの拳からは血が流れ落ちた。

店の女の人が、恐る恐る奥から、「あらまあ、そんなに怒らなくたっていいじゃないの」と言うのが聞こえた。明らかに、怖れを呑み込んだ声だった。ビールの入ったコップの中にきらきらと光りながらガラスの破片が落ちていくのが見えた。自分の頬に手を当ててみた。赤い綺麗な血が手の甲に着いた。

田代くんは、店の女の人の方に何度も詫びるような仕草をしながら、血だらけになった拳を何度も何度もその版画に向けて押しつけた。

「これだって同じなんだ。僕が感じているこの痛みと、壁に掛けられた版画のガラスが割れることとは同じ力が働いているという証明にすぎない。たとえば、今、僕がこの手で君を殴ったって、君が痛いと思うことと、僕の拳が感じる痛みとは同じ力の作用の証明に過ぎないんだ」

もうよく分からなくなっていた。彼は、もう一方の手で持っていたコップを、テーブルの上に叩きつけるようにして置いた。コップが割れて、破片が飛び散った。彼の手は尚も割れたコップを鷲摑みにしていたために、指の隙間からも血が滲んでいた。

店の人は、もう僕らにさっきのように声を掛ける事はしなかった。女の人一人でやっている小さな居酒屋で、今彼女にとって信じがたいことが起っているといった風に、カウンターの奥で、彼女は判断を停止している様子だった。

僕にもよく事情が飲み込めないままに、田代くんだけが時間を動かしていた。

「僕が、こうして闘っている様子を、今日は君に見てもらいたかったんだ」

僕は田代くんの血だらけの手に、とりあえず、ポケットからハンカチを出して握らせようとした。

田代くんはそんな僕の手を跳ねのけ、その勢いで、僕の眼鏡が弾け飛んだ。

それでも僕は彼に対抗しようとは思わなかった。床に転がった眼鏡は片方のレンズが割れていた。拾ってそれを掛けると頭がくらくらした。フレームも勢いで歪んでしまったようだった。僕はその眼鏡を外してポケットにしまった。

「もう、やめてちょうだい！」

カウンターの奥で思考停止していた女の人が、やっとそう叫ぶと、田代くんはその声にはっとした様子だった。その隙に僕は店の人に後でお詫びにきますからと言い置いて田代くんを連れて店を出た。

外はもう暗くなっていた。田代くんがふらふらと前を歩いていく。その向こうから、三人の若い男たちがこちらにやってくる。争いを好むタイプの若い男たちの顔つきは、どれも同じように刺すような目付きをしていた。彼らの一人が田代くんの様子をちらと見ると、何か意味ありげににやりとして、殊更彼に近付いてくる。僕は走って田代君の前に行き、彼を宥める風にして、大きな声で「大丈夫か！」と言うと、男達はこちらが酔っ払っていたとでも思ったのか、急につまらなそうに戻っていき、軽蔑したような笑いを残して去って行った。

田代くんは、時々後ろ向きに何かを確認するようにして歩いた。そして、建物の角になるとぴたりと立ち止まって何かを呟いていた。

「僕がこうしていたことを、君は確かに記憶しておいてくれ。僕の傷の痛みの証人でもあるんだから」

彼は、僕が近付くのを待って、今までとはうって変わった冷静さで、僕にそう言った。傷の痛みの証人とは今の居酒屋での事件のことを言っているのだろうか。僕はそんな風にも思ったが、何故か突然その時に吉野さんのことを思い出した。

彼が言っているのは、もしかしたら、彼女のことではないだろうか。彼はこんな形で、僕の裏切りを責めているのではないか。そう思ったら全て自分に責任があるように思えた。

「僕がこうしてここに存在していたこと、君と確かに同じ時間の中で生きていたこと、それを君は確かに記憶し続けてくれ」

彼は、続けてそう言いながら目を赤くして涙を流した。彼と過ごした今までのことを思い出してみた。

あの喫茶店で会ったこと、そして、同人雑誌を一緒に作ったこと、花火を見に行ったこと。一緒に狭いアパートの部屋で飲んだこと。僕はしっかり記憶していた。しかも、その全てが美しいものになって。

彼をタクシーに乗せてしまってから、僕はしまったと思った。田代くんは死のうとしているのではないかと考えたからだった。アパートに着いても心配だった。時間は十二時を回っていたが、すぐに彼の家に電話を入れた。まだ帰っていなかった。僕は彼の母親に事情を説明した。

電話で話している間に田代くんは家に着いた様子だった。ほっとした。自分の不注意を一生悔いることになるところだったと思ったら彼のいる電話の向こうにすぐにでも行きたい気がした。母親は、彼が翌日病院に行くことになっていたことを小さな声で告げた。大学を中退して以来、掛かり付けの精神科の医師に定期的に診てもらっているらしかった。しかし、彼は病院に行くことを極度に嫌っていたようだった。

翌日、田代君は入院することになったと、彼の母親から電話が入った。彼は、五年前、大学を中退した年にも入院していたらしかった。入院先の病院名を尋ねたが、教えてくれなかった。おそらく面会ができない状態なのだろうと思った。

それにしても、彼の中にあったあの恐れは一体何だったのだろう。田代くんは入院という事態になることを予測していたのだろうか。あるいは、彼の言っていた周期が回ってきたのだろうか。

以前に田代君がこう話していたのを思い出した。

「僕にはある一定の周期があって、その周期が訪れるたびに、頭の中が以前と比べてかなり飛躍的に整理されていくんだ。そして、大きな世界の仕組みが、数式化できるところまで今は来ている。それを君に説明するためには膨大な時間がかかるけどね。いずれこの数式を作って誰にも分かるように証明しようと思っている。でも、それは時々とても怖い事のような気がするんだ」

全てが次第に分かってしまう怖さ。それがどんなものかは僕には見当もつかなかったが、一つには僕と吉野さんとのことを田代くんが知ったということもあるのかもしれないと思った。入院して、次第に自分の頭脳が鋭敏になっていく。そして、その事によってどんどん現実とかけ離れてしまう自分を彼は恐れていたのではないか。病院に行く予定になっていたと彼の母親は言っていた。その予定が、彼の中では一つの周期の予感だったのではないだろうか。

「僕が今こんな風に闘っているんだという姿を君に見てほしかったんだ」

彼の言った言葉の意味が漸くそこまで考えたときに少しだけ理解できたような気がした。

翌日、仕事の帰りに吉野さんの店に寄った。店に行くのは、久しぶりだった。吉野さんとはあの花火の日以来だった。吉野さんは僕が入ってきたのを見ると、少しはっとした顔つきをした。そして、すぐに元の冷静さを取り戻した。

「花火以来ね。一体どこで浮気をしていたのかしら」

吉野さんにしては珍しい冗談だった。

「田代くんが入院したらしい」

「えっ！　入院って？」

「調子が悪かったから。入院の前日まで僕らは一緒だったんだ」

「じゃあ、また病気が出たのね」

「僕に、彼が今闘っている様子を見てほしかったと言っていたけど」

「どうして、そんな彼を引きずり回したりしたの？」

「引きずり回したわけじゃない。彼が会いたいからって僕を呼び出したんだ」

「同じ事だわ」

吉野さんは、かなりきつい調子で僕にそう言った。

彼女は落ち着いた手つきで、湯の沸いたポットを回しながら、コーヒードリッパーに湯を注いだ。コーヒーの泡が脹らみ、香ばしい香りが辺りに漂った。

僕の目の前には既に風景ではなくなった吉野さんが立っている。ガロワのフルートの音が微かにスピーカーから流れてくる。暫らく沈黙が流れた。

一番向こうの席にいた一人の客が店を出て行った。

「あの晩、君と僕のことを彼に話したんだ」

そう言って、様子を窺う僕の前で、彼女はその言葉に無理に動じない風を装っていた。

「私とあなたのことって？」

コーヒーのポットをそっとカウンターの上に置いて、俯いたまま彼女は言う。

　そう言われて、僕が言い淀んでいるところへ、彼女はたたみかけるようにして言った。

「私とあなたに何があったって言うの。あんなもの、ただのその場しのぎの戯れに過ぎないじゃないの。あれからあなたは、誰にも私達のことを言わなかった。そんなものが何だって言うの。私にとってはあんな事はあってもなくても同じ事だわ。脱け殻の事実よ。誰にも喋らなければ、現実にもならなかったものを、あなたは田代くんに話して現実にしようと思ったの。そして、その現実の中で、私をもっと惨めにしようとでも思ったの」

　彼女の言うことはもっともなことだった。

「田代くんにも言われたよ。君は自分の本当の気持ちのサイクルを知らないからだって」

　僕の言葉は、二人しかいない店の空気の中にぽっかりと浮いた感じで響いた。フルートの音は何時の間にか消えていた。

「ただ、黙っていることで、裏切っているような気がずっとしていたものだから」

　弁解じみた自分の言葉が嫌だった。

「そうやって自分の辛さは自分自身で引き受けようとしない人なのね」

「あの時は、あれが僕の真実だったんだ。そして、今には今の真実がある。それが何故同じじゃなくちゃならないんだ。それこそ、下らない脱け殻の事実の繋ぎ合わせじゃないのか」

かっとなってそう言った後、僕はすぐに後悔した。

「あなたは何も分かってくれないのね」

吉野さんはそうため息混じりに言いながら後を向いてしまった。

彼女はいつまでもそうしていることを拒むように、終わってしまった曲を換えに店の隅まで歩いて行った。ビゼーの「アルルの女」が流れ始めた。彼女はその音の中に包まれてしまうように隅にある椅子に座ってしまった。その時僕は、彼女がいつかのようにこの店の美しい風景に戻っていることに気づいた。

僕はここに何をしにきたのだろう。コーヒーを飲み終えても、すぐに席を立つきっかけがつかめなかった。客が入ってくる気配もなかった。入り口の扉の外の西日が、田代くんと一緒だったときと同じように赤く反射していた。

僕が席を立とうとしたとき、一人の客が入ってきた。吉野さんは、座っていた席を立って、客に軽く目で挨拶した。

僕がコーヒーのお金をカウンターの上に置いて外に出たとき、後から「待って」と彼女が引き止めた。僕はその途端にとても悲しい気持ちになった。

「待って！　山本くん、このままじゃとても嫌なものが残るわ」

「ずっといたって、迷惑だろ」

「私、少し言い過ぎたかもしれない」

「そんなことないさ。君の言ったとおり、僕は臆病なんだ。出直してくるよ」

「また来てね。こんなことがあったから来なくなっちゃったなんて思わせないでね」

吉野さんの目が、今までと全く別のものを僕に訴えていた。もう二度と、彼女に会わないことになるかもしれないと思っていた。


また一人きりの生活が始まった。田代くんも吉野さんも石田さんも、あの喫茶店に集まってきていたあらゆる人々と、僕はもう会えなくなってしまった。そして、仕事が終わると、僕は一人アパートの部屋に戻りギターを弾いた。

ギターを弾きながら吉田拓郎の「マラソン」を歌ってみた。その場で消え入りたいような気持ちになった。

田代くんはまだ入院したままだった。夏の中に何時の間にか忍び寄った秋の気配が風の匂いに感じられ始めた頃、田代くんから一通の葉書が届いた。その葉書は几帳面に角張った細かい字で、びっしりと埋められていた。

前略

先日はどうもすみませんでした。このところ、物理学を根底から再編成したいと思っていた矢先だったのです。その一つが計算過程における永久機関の実現の可能性の問題なのです。学会でも論議の焦点になっています。その事と人間関係のことをまぜこぜにしていたことが、あの騒ぎの元になったのかも知れません。あの日のことは体調が悪かったことと酔っ払っていたことのためにほとんど覚えていません。ぼんやりした記憶しか残っていないのです。もしトラブルを起していたら悪いと思って一報しておこうと慣れぬ筆をとりました。御免なさい。今回の入院を通して、僕はまた自分の頭の中が明瞭になったのを感じます。この感じが失われないように今度この世界を解明するための画期的方法を数式にするつもりです。そして、それは君と語り合う中ででき上がってくるはずだと僕は思っています。多少数学が入ってきますが、数学は多岐にわたる世界現象をひとまとめにするときにとても便利な方法なのです。僕はこの数式の中で、ダーウィンとも対決しようと思っています。近代と現代の問題にも触れようと思っています。たぶん何回かの連続講座的なものになると思います。数学は忘れてしまったと思いますが分かりやすく説明するつもりです。

山本様

田代葉二

葉書の内容は意外にあっさりしていた。しかし、全く覚えていないと書く一方で、きちんと彼なりに永久機関と人間関係をまぜこぜにしていたのが原因だったと書いているところに、僕は彼らしいアイロニーを感じた。

彼がこの葉書を書いたときにも「人間関係」は憎悪の対象でしかなかっただろうか。僕はそれが確かめたくて、その葉書をもらった翌日に、吉野さんのいる喫茶店に行ってみた。

しかし、そこには既に吉野さんはいなくなってしまっていた。ヒロミさんが冗談混じりに、「山本くんが、苛めるから、暫らく休むんだって」と言った。

吉野さんの淹れたコーヒーとヒロミさんの淹れたコーヒーは、微妙に味が違うように思えた。コーヒーを飲みながら、買ったばかりの本を出して読み始めた。

「それ私も読んだわ」ヒロミさんが、タイトルの書いてある表紙を覗き込みながら言った。

「新しい人ね。きっと彼の少し気障だけど軽い感じが、これからの文学を作るんだわ」

僕の抱えているこの重みとは異なるものなのだろうか。僕はヒロミさんのそんな評を聞き流しながら、文字を目で追っていった。ランパルのフルートの音が静かに耳に響いていた。

「由美子、どこに行っているか知っている？」

ゆっくり、自分の声の調子に合わせるようにヒロミさんが言ったのが聞こえた。僕はその誰にともなく発せられた言葉に反応しようかしまいか迷った。しかし、店には僕と彼女しかいなかったから、僕に向けて言ったことは、まちがいがなかった。

「ハワイやサイパンでないことは確かだと思うけど」

「あら、どうしてわかる？」

「だって、暑いところは嫌いだから、ここで仕事しているんだっていつか言っていたよ」

「へえー。そんな話してたんだ。彼女」

そう言いながら、ヒロミさんはじっと僕の心の中を覗き込むようにして見つめた。

「山本くん。少し変わったみたい」

「えっ？」

「ここに来始めた頃は、溌剌としていて若いなって思ったけど。何だか、この頃とてもオジさん臭いわ。妙にしんみりとして暗いし」

「そうかなぁ」

「由美子が休暇をとったことと関係している?」

それは実にさり気ない聞き方だった。しかし、その言葉の前につまってしまった自分が、何かを彼女に伝えてしまったことは確かなようだった。

「そうだったのね、やっぱり」

彼女はそれだけ言うとそれまでの人懐っこい表情から一転して真剣な顔つきになって黙ってしまった。その様子は僕を責めているようにも取れた。

「せっかく彼女が」

ヒロミさんがそう言いかけた時、入り口のドアーが開いて、石田さんが入ってきた。

「山本くん! 久しぶりじゃないの。あなた今まで一体どうしてたの?」

「別に、何もしてなかったよ」

「何言ってんのよ。何もする事がないから、皆ここに来てるんじゃないの。ところで由美子は?」

「あらっ、知らなかった。由美子、一昨日から行方不明よ」

そうヒロミさんが、言うのが聞こえた。

「えっ、行方不明?」

「行く先も言わないで、暫らく休むからってどっか行っちゃったわ」

「へえっ、彼女もそんなことあるんだ。何だかここの風景みたいにしっくりとあの静かさが似合ってたのにね。あっ、さては山本くんだな。彼女をそんなに傷つけたのは。この前の花火の後だって、彼女、珍しく酔っ払って変なこと言ってたし」

「やめてくれよ。そういう言い方するのは」

僕がそう言うのをヒロミさんは冷めた目付きで見ていた。何か石田さんに言うのかと思ったが何も言わなかった。

僕は石田さんが、僕と彼女のことについて何も知らないのが意外な感じがした。女の子同士というのは、意外に親しそうにしていても、そんなものなのかもしれないと思った。

石田さんはそれからすぐに別の話題に転じ、とりとめもないお喋りをした後、帰って行った。ヒロミさんもその後は吉野さんのことには触れなかった。

僕は石田さんが帰った後、以前、田代くんと三人で出した同人雑誌のことを思った。あの頃僕たちの中にあった、希望のようなもの。周囲の皆が好意的に見えた幸福感。そんなものを三人で共有していることの実感が、今はもう失われてしまったことに気づいた。その原因の一つは、僕と吉野さんとのことがあったのだろう。それから、田代くんの入院のこと。花火の後、過ごした時間。それらのことが全て終わってしまった過去のこととして、僕の頭の中に存在していた。

あれから、あらゆることが変わっていった。この場所も、以前過ごしていた時のように、人を気にせずに過ごすことのできる場所ではなくなっていた。

フルートの音がスピーカーから響いていた。その音は同じものでありながら、微妙に違ってしまっていた。吉野さんのことを考えてみた。どこかで、澄み切った青空を見ている彼女の姿が目に浮かんだ。

僕は、ヒロミさんにお金を渡して店を出た。新しい季節が始まるのにはまだまだ時間がかかりそうだった。

スタンド・バイ・ミー

五月の連休に入っても、直也は気持ちのどこかに躓きを引きずっていた。

「トト、出かけようよ。約束したじゃん」

八歳になる準が連休前にしたドライブの約束をせがむ。

「大山のあそこの畑に行ってカブトムシの幼虫を見つけるんだから」

準の声が左耳だけ笛の伴奏を伴って直也に聞こえるのは、低音部の聴覚障害のためだった。

二ヶ月前からその症状には気づいていたものの、なかなか医者に行く時間がとれず、一月後に診てもらった。その時はただ突発性難聴という原因不明のものであることが分かっただけで、薬を処方されても少しもよくならないままに今日に至ってしまった。

車を車庫から出して、玄関につけると、準がおもちゃを沢山抱えて乗り込んでくる。

「準、そんなにおもちゃ持って行ってどうするんだ?」

「いいの。好きなんだから」

ベイブレードという独楽の変形したものが、今の準が夢中になっているものだった。

工場の角を曲がったところにあるセルフのガソリンスタンドでガソリンを入れる。誰もいないガソリンスタンドで給油をする度に直也は何百キロもある異国の荒野を当てもなく彷徨っているような気持ちになる。準はいつのまにか後ろの座席で丸くなって眠っていた。八歳になるのに左手の親指をしゃぶる癖はずっと続いている。

準には生まれつき右手が無い。右手の付け根の所から皮膚が縊れるようになって無くなっている。

病院で準の姿を最初に見た時、自分の気持ちのどこかがとても痛かった。何度も子どもの姿を見つめ直したが、右手の無い赤ん坊は、生まれ出た世界に向けて存在を主張するように泣き続けていた。

随分悩んだ末、ありのままを告げる決心をして妻の清美に会った。直也の目から何かの色を察したのだろうか、「私の赤ちゃん、全部ちゃんとしてた?」と彼女の方から聞いてきた。直也は喉の奥にぬめりとしたものを感じて、無理にそれを飲み込んだ。誰が置いたのか清美のベッドの傍らにあるガーベラのブーケの色が妙にほの暗く見えた。

直也は暫く病室を見回した後、やっとの思いで言葉にした。

「右手が無いんだ。奇形の一種だが、生命的には何の問題も無いらしい。かわいい子だよ」

大山阿夫利神社の手前を左に曲がって森の中に入る。車一台がやっと通れるような細い道を通って行く。ややすれ違いできる程度の所に車を横付けにする。大山は水の豊富なところだ。色々なところで水が湧いている。暫く進むと畑があり、その向かいは作業をするための広場がある。山水が貯めてある小さな池があり、そこでいつも手を洗う。

「冷たくて気持ちいい」

準は目的地に着くとこちらが起こさなくても分かるらしく、ちゃっかり車から降りて、左手を水に入れている。

「いっぱいとれるかな」

準はシャベルの入ったプラスチックのケースを上げながら言う。

「たくさん採れるといいね」

池の脇には、堆肥の置いてある場所があり、それが第一の目的場所だった。いくつかの堆肥場には、粗末なトタンが被せてある。それをどけて堆肥を掘る。最初の堆肥場で、クリーム色のまるまると肥えたカブトムシの幼虫が何匹か採れた。昨年一番幼虫が採れたもう一つの堆肥場には錆びた青いトタンが被せてあった。準と目配せをして、直也がトタンをそっとどけた時に目の中に網目の模様のようなものが飛び込んできた。ひやりとした感覚が直也の背中を走った。

トタンを持ったまま、暫く直也は立ちつくした。どれくらいの時間自分がそうしていたのか直也にも分からなかった。

「どうしたのトト?」準が、直也の様子に気づいた。

その時直也の耳には、準の声と同時にトタンの下にいた網目模様の鱗のある生き物の方からも、ひゅるっと音が鳴ったように聞こえた。

「ここは、やめておこう、準」

そう言って、そっとトタンを元に戻す。その間、その生き物はその場にそっと息を潜めていたのだろう。あるいは寝ていたのかもしれない。小さな子どもの腕の太さくらいある蛇の気配はその後も、直也に興奮と戦慄を与え続けた。なぜかそのことを準には言いたくなかった。不吉なことを子どもに植え付けるような気がしたからだった。

家に帰ってからも直也は、トタンの下にいた蛇を見たことが本当だったのか幻だったのか、確信が持てずにいた。そして、それは直也にとって忘れられないことの一つになった。

「トトー、今日の夕飯何?」

準が夕食のメニューを聞いてくる。

「今日は、いつもの焼き魚じゃないぞ、準」

準は食卓の脇で、口と手を使って器用に回したベイブレードで遊びながら食事のできるのを待ち、直也は慣れた手つきで夕食を作る。面倒な時は、魚を買ってきて、刺身にしたり焼いたり煮たりするだけだから、準の評判がすこぶる悪い。

直也は、新聞の料理の切り抜きを見ながら調理をする。暫くして料理ができた時には準は廊下の床の上で眠ってしまっていた。

レタス炒飯とハンバーグ、温野菜サラダの皿がそれぞれ並んでいる。

「準、そんなところで寝てると風邪をひくぞ。今日はおまえの好きなものばかりだぞ。起きなさい」

眠っている準の柔らかな頬を軽く摘んで起こそうとする直也の耳の奥で、ざわざわする気配が起こる。

準が目を覚ます。目覚めたばかりの準の目が何かを探しているように見える。

清美が産後、退院して間もなく、生まれたばかりの赤ん坊を抱いて、直也の実家に行った時のことだった。直也の母親が清美の腕から赤ん坊を抱き上げて、産着の中から何気なく右手を出そうとした時だった。どこかで、軋んだ動物の叫声のようなものが聞こえた。何だろうと思っていると、清美が、母から赤ん坊をひったくるようにして取り戻した。軋んだような声は清美の悲鳴だった。

それから数年は、あっという間に経過した感があった。清美も直也も、準を育てることに必死になった。普通の子どもを育てる以上に準には注意深く手をかけた。

準が歩くようになると、清美は買い物を直也に頼むようになった。以前はあれほど好きだった外出もしなくなり、直也がなんとか連れ出しても、人のいるところへ行くのを嫌がった。その頃から、几帳面だったはずの清美の性格は、急に別の人格に変わってしまったように怠惰になり、家事もこなさなくなった。家の中はいつのまにかゴミだらけになり、台所では生ゴミの腐臭が漂った。会社から、直也が帰ると腹をすかせた準が泣き声を上げており、寝室で清美が居眠りをしているということがよくあった。清美に語気を強くして注意しても、不快な汚い言葉が返ってくるだけだったので、言うのもやめてしまった。直也は、清美が危険な状態にあると感じて、黙ってほとんどの家事を肩代わりし、食器の片づけだけは清美に任せた。

母親の薦めもあって、清美が精神科のカウンセリングに通うようになったのはその頃からだった。

　準が小学校に通うようになって間もなくだった。五月の連休前の忙しない会社に清美から電話が入った。準が布団と一緒に二階のベランダから落下したらしい。急いで退社して駆けつけたが、幸運にも準には怪我一つ無く、落ちた時に打ったらしい右肩を頻りに押さえていた。すぐに病院に連れて行ったが、軽い打撲だけで済んだようだった。念のために脳波の検査もしたが異常は見つからなかった。

　清美はこの緊急事態に何故準をすぐに病院に連れて行かずに、会社に電話をしてきたのだろう。家事を放棄していた彼女がこの日に限って布団を干したことも気がかりだった。

「ママ、僕きらい」

　日が沈むまでのわずかな時間に外で一緒に散歩をしていた時に準が呟いた言葉だった。準は何度もためらった後、喉の奥に何かが詰まっているような臆した声で、やっとその言葉を口にしたようだった。

　直也が用意した食事を終えて、準の食べ残した食事の皿を何も言わずに片づける清美の行動を準がじっと目で追っていた。清美は、かなりの量食べ残しのあるその皿を、そのまま台所のシンクの中に放り込んだ。

その時にやっと直也は、自分の迂闊さを悔いた。

「ママ、僕きらい」と準が言ったのは、準がママを嫌いだということではなく、清美が準を嫌っていると準が思い始めたということだった。

次の事件が起きたのが、それから間もなくだった。

夜中に、人の気配に気づいて目覚めた直也は、清美がトイレに起きたのだとばかり思っていた。準の寝息が規則正しく聞こえている。その寝息を聞いていると、直也にはこの部屋がどこか遠い宇宙空間のように思えた。それから随分経つのに、清美が戻る気配が無い。

台所で、軋んだ、絞り出すような声が聞こえた。直也は、咄嗟に不吉なことを予感した。準が寝ていることを確かめて、部屋から出る時、襖をそっと閉めた。台所に行ってみると、大きな黒い影が蹲っている。床の上には黒々とした液体が流れ出ている。包丁を持つ手をぶるぶる震わせている清美の姿があった。

「清美、何をしてるんだ！」

直也は、黒く蹲っている影を後ろ向きのまま抱き、手に握られている包丁を取り上げようとした。清美の肌のひやりとした感覚。硬直した手に握られた包丁はなかなか奪い取ることができなかった。直也の身体にも清美の震えが伝わってくる。床の上のぬるりとした血の感触を感じながら、必死になって彼女の手から包丁を取り上げた。清美はその途端にぐったりと気を失ってしまった。救急車を呼ぼうと考えたが、準の寝ていることを考えるとそれもできなかった。車を出して、後部座席に失神した清美を乗せ、病院に急いだ。幸いにも、一番近くの病院が救急で受け入れてくれた。出血は思ったほどではなく、なんとか一命は取り留めた。

病院に清美を一時預けて、家に帰る頃には夜が明け始めていた。人通りが少なかったのが幸いだったのだが、清美の血液が付着した白い車は何かの事件に巻き込まれたようだった。台所の床に残っていた血を急いで濡れ雑巾で拭き取り、車に着いた血痕も拭った。まるで、自分が重大な罪でも犯したような気持ちになった。不吉な物を扱うように、汚れた雑巾を外のゴミ箱の中に捨てて終えても、直也の身体はまだ震えていた。

「ママいなかったよ」

そう言う準をなんとかごまかして、学校の準備をさせて、家を送り出した。先程あった悲惨なことを準に気づかれないようにするのにはかなりの演技が必要だった。

清美は救急病院のベッドに睡眠薬で安静に眠っていた。

直也は翌日清美がかかっている精神科の医師に相談に行った。

清美が手首を切って自殺未遂をしたことを子細に述べた後、子どもが母親に嫌われていると思っていることや、家事をやらなくなったのに突然布団を干し、子どもが間違って布団と一緒に落下してしまったことなどを話してみると、中年のその医師は複雑な表情をした。清美との面接を通して、以前から感じていたこともあったのだろう。医師は直也にこう言った。

「かわいそうですが、お子さんと奥さんを暫く離してください。奥さんは、心の負担の無いところでじっくり治療する必要があるようです。明日から、こちらに入院させてください」

直也は、いつかこんな時が来ることを予測していたような気がした。

準と直也の二人きりの暮らしが始まったのは、それからだった。


眠い目をこすりながら、準が直也の作った夕食を食べている。二人きりの生活はもうすぐ三年になる。ぼんやりと準の食べるのを見つめている直也に準が気づいて「トトー、どうして、ぼーっとしてるの？」と声を掛ける。

「いや、準と二人だけの生活も、もう何年経つのかなと思ってね」

「急にそんなこと言って、僕のこと見てないでよ」

「ごめん、ごめん」

「ママ、いつまでおじいちゃんの所に行ってるの？」

準が直也に探りを入れるような目で聞くことがある。

準としても複雑な思いでその問いを発しているのが、目を見れば分かる。寂しそうな目が、直也のいまだに混沌としている気持ちに一層拍車をかける。

準と二人の暮らしが、荒野の中に建てられた仮小屋の暮らしのように思えてならない。何よりも直也が清美の分まで準の中にあいた空白を埋めてやらなければならないのに、それができない。夜、布団の中で直也に抱き着いて指をしゃぶっている準の寝顔を直也はじっと見つめる時がある。

準は小学三年生になった。直也は仕事に出るのが早いから、準に家の鍵を持たせている。準は学校が終わると、帰り道にある学童保育に行くことになっていて、六時までに直也が迎えに行かなければならない。このご時世で、みんなが残業をしている中、六時までに我が子を迎えに行くために会社を出ると色々な軋轢がある。直也はそれでも構わないと思っている。仕事より子どものことの方が大切だと思うからだ。

直也がノートパソコンをログオフしている時だった。

「吉村、今日もクレイマーか？」

同僚で仲の良い菅原が声を掛けてくる。

「仕方ないさ」

「そりゃそうだな……」そう言いながら、菅原は何かを直也に言いかねている。

「人員整理のこと言いたいんだろ」

そう直也が言うと、菅原はゆっくりと首を振って、

「むしろ、俺たちの方が危ないんだ」と言う。

それがどういうことなのか分からないままに直也は会社を後にした。


学童保育の入り口の扉を開く。この日は朝から雨が降っていて、青と黄色の小さい長靴が二足並んでいる。中に入ると、ぽつんと残された二人の子どもの一人が準だった。いつもこの時間になると準ともう一人の博君と二人だけになる。入り口にこの前採ったカブトムシの幼虫の入った飼育ケースが置いてある。準が、学童のみんなにあげたものだ。

「準帰るぞ」

そう直也が声を掛けると、準は「はーい」と言って帰りの支度をする。

帰りがけにちらりと博君の方を見た準は「じゃあ、また明日遊ぼうね」と声を掛ける。

家に帰って準と風呂に入る。準は風呂の中にも色々なおもちゃを持ち込んでくる。

「ねぇ、トト知ってる。ブッシュ大統領をおだんごにしてね、フォークで刺すとブシュッていう

んだって」

「それは知らなかったな」

「それからね、ロシアにね、殺し屋がいるんだって、こわいでしょ。それをね、ろしやのころしやおそろしやっていうんだよ」

プラスチックのイルカがかちゃかちゃと音をたてて泳いでいる。

「準、体を洗うから浴槽から出て」

「今日は石鹼あり？」

「そうだね」

石鹼を含ませたタオルで準の体をそっと撫でていく。右手の付け根の縊れたところをさっと拭く。直也は羽化し損ねた蝶の羽を思う。蝶は片方の羽だけ萎えて縮れてしまったまま成虫になることがある。蝶の場合は飛び回れないから、せっかく成虫になりながらそのままの姿で死を待つ他はない。しかし、準の場合も親や周囲の保護がなければ生きていくのは普通以上に大変だ。

風呂から上がると、布団を敷いて準を寝かせ、ムーミンの本を読む。準はムーミンの本が好きだった。

暫くすると準の規則的な寝息が聞こえてくる。準の寝顔を見て、今日がやっと終わったことを知る。準の閉じられた理知の目、小さく膨らむ鼻、とがった口。そっと頬に手を触れる。柔らかく温かな感触。準は生きているのだと思う瞬間だった。準が寝てしまった後、直也はぼんやりテレビを見ながらスコッチを飲む。

会社では、直也のいる部所のチームが縮小になることが決まった。会社自体は黒字なのだが、将来に備えてピークの時点で手を打っておこうということらしい。

部長の島本を本社に残して、後は関連会社への出向か、雀の涙ほどの退職金水増しで勧奨退職か、どちらかの道を選ぶことになる。皆まだ先のある者ばかりだから、出向の道を選ぶのだろうが、全員が行けるわけではないらしい。

菅原の目が直也を避けているのが分かる。他の同僚達の目も何かを直也に言いたげだ。直也の子育てのための早帰りが原因で、この部所がターゲットになったとでも言わんばかりの同僚達の顔。

――料簡の狭い奴らだ――

直也は心の中でそう呟いて、配られた書類の勧奨退職希望の欄に紙が破れるほどの筆圧で丸をつけた。

四月になって、会社から振り込まれた退職金を手にした時、直也は重い気持ちになった。早く次の職場を探さなければならないと思った。

準は時々右手の付け根が痒くなるらしい。左手で右肩の付け根を掻いている姿が痛々しい。

「ねえ、トトー。どうして僕には右手が無いの？」

直也は一瞬言葉を飲み込んだ後、ゆっくりした調子で話した。

「準に右手が無いのはね、準のせいじゃないんだ。神様がね、準に試練を与えて、準をもっともっと大きくしてくれようとしているんだよ」

「しれんって？」

「試すってことさ」

「何を試すの？」

「どんなに辛いことがあっても準がしっかりと前を向いて頑張れるかどうかって」

そう言いながら、直也は声が震えるのを感じていた。言い出すのは今しかないと思った。

「準、トトは仕事が無くなっちゃったんだ」

「ええ、それじゃあ、学校が終わったらずっと僕と一緒にいてくれるの」

「そういうわけにはいかないさ」直也はそう言って苦笑する。

「じゃあどうするの」

「準は心配しなくていいよ。トトは頑張って仕事を探すさ」

言葉に出してみると気持ちだけは焦っているなと思う。

十月までは失業保険でなんとかなるが、わずかな退職金もそういつまでものんびり過ごせるほどの額ではない。貯金もそれほどあるわけではない。準にはこれから色々とお金がかかるのだろう。

今までも準を生活の中心に据えようとして、仕事のためにそれができなかった。仕事を辞めた今も、今度は仕事探しのために準を中心に据えることができない。

準を学校に送りだした後、直也は職探しに出た。新聞でストックしておいた、めぼしい会社を一つ一つあたって行った。最初の会社は、小さな出版社だったが、責任者らしい人が出てきて、直也を見るなり、若い人材を求めているのだという主旨のことを遠回しに言って、さり気なく断られた。

このリストラの時代に、直也くらいの年齢の人物を必要とする職場がどれ程あるというのだろう。結局、直也は自分が何故リストラにあったかを身にしみるほど感じる結果になった。仕事が無いわけではなかったが、引っ越しのアルバイトだったり、看板立ての仕事だったりと極度な肉体労働で、二日と続かなかった。

叔父の紹介で十月から直也がやることになったのは埋蔵文化センターの仕事だった。面接に行った時に、所長が本当にこの給料でいいのですかと念を押すほど、そこでのペイは低かったが、場所は電車で一駅だったし、人気の無い仕事場も直也の気に入った。もっと早く叔父に再就職の話をしておくのだったと思った。

仕事は五時半で終わりになった。所長には前もって子どもの迎えのことを言っておいたので、退出しやすかった。

この頃になって、直也も自分の耳の不調と折り合いがつくようになり、和音で聞こえていた声や音も、たいして気にならなくなった。

直也は、一日に大半の時間を職員達が持ち込んでくる土器の修復に費やした。ある場所に大きな建物が建つ時に、その場所に調査が入る。職員達はその調査で出てくる土器や遺跡などを保存する仕事なのだ。

時には開発業者が、大きな遺跡などを見つけないようにプレッシャーをかけてくることがある。大きな遺跡が出ると、開発が延びたり場合によっては中止になってしまったりするからだ。

朝、職員達が現場に出てしまった後、一人で収蔵庫に残って土器の修復をする。部屋の中で土器に触れている時、自分がとんでもなく遠いどこかへ来てしまったような気持ちになることがある。耳鳴りの音が聞こえる。次第にその音が大きくなり、自分を覆ってしまうような音に変わる。大きな何かの音が、束の間の静寂を破って押し寄せてきて、世界を飲み込んでしまう。しかし、その音が何の音なのかは分からない。直也と準の暮らしがそんな危ない線の上にやっと成り立っているからなのだろうか。この頃になって直也は自分の力に限界を感じ始めた。それが、準を守らなければならないという焦りからきていることは分かっていたが、その気持ちが強ければ強いほど、自分の無力を思い知らされる。やっとの思いで見つけた仕事の中にまで、時としてそんな無力感が押し寄せてくる。

利き腕の右手を後ろ手にしてみる。左手だけで、土器を修復してみようとしたが、なかなかうまく行かない。準が紐などを結んだりする時に、器用に左手と口を使っていたことがあった。誰に教わったわけでもないのに、準は自分のできることを着実にこなそうとしていた。それに比べて、自分はなんと弱いのだろう。年齢を経て体調が変わり、耳の変調をきたしたくらいで落ち込んでいる。リストラされたのも、希望したからではないか。大きな肉体上の負荷を抱えた子どもを支えなければならないはずの自分が、こんなことでめげていてどうするんだ。直也はそう自分に言い聞かせる。

仕事が終わり、準を迎えに行ってから家に帰る。準は学童保育では、みんなが野球や鬼ごっこに大騒ぎしている中で、一人静かに絵本や紙工作をしていることが多い。たまにみんなに交じって遊んでいても、他の子ども達より気持ちが冷めてしまっているような顔つきをしている。

家に帰る途中、スーパーで買い物をして帰る。

「準、今日は何にする？」

「いつもトトはいきあたりばったりだなぁ」

「カレーにしようか？」

「いいね。じゃぁ、僕、野菜選んでくる」

そう言って、準は野菜のコーナーに走って行ってしまう。

直也がカレー用の肉をどのくらいの量にしようか迷っている時だった。

「何すんだこのヤロー」

野太い男の怒鳴り声が聞こえた。

準の行った方からだった。

直也が走って行ってみると、ハスキー犬を連れた大きな男が手に抱えたプラスチックの籠の中から、だらだらと滴っているものがある。どうやら生卵のようだった。

準が、その場に固まったまま、今にも泣き出しそうな顔つきで構えている。おそらく走って行った時に角でぶつかったのだろう。

この男は家の近くのゲートボール場でも悪評の高い男だった。この男がいると他の老人達が萎縮してしまって楽しくないと近所の老婆が話していたのを聞いたことがある。また、ゲートボール場で遊んでいる子どもにスティックを振り回して追いだしていたのを直也は何度か見たことがある。いつも黒い模様のハスキー犬を連れている。スーパーには犬を連れて入れないはずだ。

「すいません。子どもが不注意だったものですから、その卵弁償しますから」

そう言って直也が、男に近づこうとした時だった。

「まだ、レジを通されていないので、こちらでお取り替えさせていただきます。それから、犬を連れて入るのはご遠慮願います」

そう言って直也と男の間に入ってきた女性がいた。いつもレジを通る時に準に話しかけ、頭を撫でてくれていた女性だった。年齢は三十台前半であろう。準は、列が長くても必ずこの女性のレジに並んでいた。

男は手際のよいその女性の対応に何事も言えない様子だった。

準と直也は彼女に軽く礼をし、男にもぺこりと頭を下げて、その場を離れる。

家に帰る時に、準が「こわかったねぇ」と小さく声を出した。

「準、店では気をつけなきゃ」

「だって犬が急に出てきたから、びっくりしてよけようとしたんだもん」

「あの人に助けられたな」

「いつも僕の頭撫でてくれてたおばちゃんだった」

「そうだね。準のこと知ってたんだ」

家に帰って、カレーの準備をする。直也が肉を切って炒めている間に、準は皮を剝いた人参とジャガイモと玉葱を、食卓に置いた特殊な俎の上で切る。右手で押さえなくていいように楕円の窪みを入れた直也創作の俎だ。この俎は、最後までしっかり切れないという弱点があったが、準は手先の器用さでそれをカバーしている。

準の切り終えた野菜を肉と一緒に鍋に入れ、カレールウを入れて、暫く煮込む。これでカレーは出来上がり。煮詰まるまで、準と一緒にテレビを見る。

「今日ね、テストが返ってきたんだ」

「で、どうだった？」

「うん、よくできたよ」

準は鞄の中から答案を出してきて直也に見せた。

「すごいな、百点じゃないか」

「僕、算数好きなんだ」

直也は、算数を準が一人でよく勉強しているのを知っていた。

苦手な体育の分も他の教科で頑張るつもりらしい。

「トトー、僕いやなことがあるんだ」

準が直也の顔を覗き込んで言う。直也は滅多にこんなことを言わない準の顔を見て、何かを覚悟しなければならないと思う。

「あのね。今度体育で逆上がりがあるんだよ」

「準は見学というわけにはいかないのかな」

準はそのまま黙ってしまう。

直也は自分の言葉が準を黙らせてしまったことに気づく。

今日も土器の修復をしながら一日が終わろうとしている。現場の人たちは皆出払ってしまって、今は直也一人だけだ。

直也は、レジにいる女性のことを考える。準の頭をいつも撫でてくれる女性。その度に準はうれしそうな表情を隠せない。誰かに愛されることの大切さをあの人は知っているのだ。沢村と書かれた名札の名前をこの前何気なく見た。

ラジカセから流れるジョン・レノンの曲を聞きながら作業をする。土器の修復という地道だが着実な仕事にのめり込むようにして作業を続ける。

突如、直也の中にいつか大山で準と一緒に行った時に見た蛇の姿が浮かんだ。あの時に感じた不吉な何かが、今頃になって直也の頭に浮かぶというのはどういうことなのだろう。

直也の記憶の中に、あのアオダイショウが取り憑いていて、直也を締め付けている。その蛇のイメージと清美のイメージが重なった時、自分がまだ癒えていないのを感じる。

ジョンの歌声が途切れた時だった。隣の家から、子どもの泣き声が聞こえてきた。子どもを叱る時の母親の声がこういうものなのかということにはじめて気づいたような気持ちになる。とにかく感情的になっていて、聞いていてこちらが固まってしまうような怒り方だった。子どもは黙って怒られているようだったが、その後に実に悲しげな声で泣き始めたのだった。準のことを考えた。準はこんな泣き声を上げたことがあったろうか。

準は寝る時にいつもおもちゃを持ち込んでくる。おもちゃをながめながら、左指をしゃぶると安心するらしい。

土器の手触りが直也の考えを少しだけ癒してくれる。何百年も昔の人々が生活の中で使っていたもの。器や道具のかけらが並べられた机の上から、それぞれの形にあったものを見つけて修復する。思い通りくっついた時は気持ちの中に蟠っていたものがすっきりと晴れたような気分になれる。そして、それが形になってきた時には感動さえ感じる。

現場から、一人の職員が帰ってきた。直也は一旦手を休めて、椅子から立ち上がる。

「ごくろうさまー」

そう声を掛けて、お茶を入れる支度をする。

「どうでした？　吉田さん」

「今日の場所は警戒がすごかったな」

「出そうですか？」

「わかりませんね」

吉田は、ここでは古株のうちの一人だった。年齢は直也より若く、少し太り気味だが、寡黙で穏やかな性格だった。

椅子に座ってお茶を啜りながら、土器の補修をしている直也をじっと見つめている。

「それ、この前僕が掘ってきたやつですね」

「そうです。古墳時代のものですかね」

「吉村さんもここに来てからすっかり仕事の姿が板につきましたね。確か、坊ちゃんとお二人で……」

「え、はい」

直也は準のことをもっと詳しく言おうと思ってやめたので、言葉の後に不安定な余白が残ってしまった。それを払拭するように吉田が言う。

「僕、最近凝っているものがあるんですよ」

「凝っているもの……ですか？」

「鉱石ラジオって、聞いたことあるでしょ」

「子どもの頃に、よく雑誌の広告欄に載ってたな」

「それです。今、それに夢中なんです。あれは面白いですよ吉村さん。坊ちゃんに作ってあげるといいですよ」

「どこかで売っているんですか？」

「ええ、通信販売しているんですけどね。値段も手頃だし。何だか不思議なロマンがあってね。パンドラの箱みたいな」

「どのくらい作ったんですか？」

「もう、今ので五個目になります。三つ目のは石が悪いのか、鳴らないんですがね」

吉田はその日、休日勤務の振替休暇を取ると言ってそのまま帰って行った。

一人残された直也は、準と一緒に出かけた時のことを考えていた。

準の好きな恐竜の博覧会に行った帰りにホームで電車を待っている時だった。何羽かの鳩が舞い降りてきて、ベンチの前で餌を探し始めた。その中の一匹は、歩く時に片足を引きずっていた。よく見るとその鳩の片足の先は失われてしまっていた。元々そうだったのか、何かの事故でそうなってしまったのかは分からないが、必死になって歩く姿は直也と準の目を引いた。

「あの鳩さん、僕と同じだね」

準がぽつりとそう言った。

「一生懸命に頑張って生きている姿がね」

すかさず直也はそう付け加えた。

「どうして足が無くなっちゃったんだろう」

あの時の大きな蛇が自分の頭を締め上げていくような感覚があった。不吉なことの前触れのようにそれは訪れ、直也は息が苦しくなっていた。手に持っていた刷毛が床に落ちる音でやっと自分に返ることができたように思った。一人きりの収蔵庫の中はやけに静かだった。

#

随分時間が経過したはずなのに、直也は、清美に起きたあのショッキングな事件をいまだに忘れることができないでいた。

清美の影が台所で蹲っていた。直也が近づこうとすると、清美は直也を制した。

そして、そんな状況なのにもかかわらず、のんびりした口調でこんなことを言った。

「いつか家の庭で、安曇野の河原で拾ってきた石に絵を描いたことがあったでしょう。あなた覚えてるかしら?」

直也は清美に何か必死になって話そうとするのだが、うまく言葉になって出てこない。焦れば焦る程、硬いしこりのようなものが直也の喉元に硬くはりついて、言葉は出てこなかった。そして、夢は覚めた。

　直也は、これまでも清美の様子を見るために、度々彼女の実家に寄っていた。清美は、事件後数ヶ月の入院生活を経て、ずっと実家で静養していた。直也が清美の実家に足を運ぶ気になったきっかけは、前日見た夢のせいだった。

　清美の実家の玄関では、一枚だけ散り残った花ミズキの葉が微風に揺れていた。その日、清美の父は留守だった。清美の母の以前と同じ丁寧な待遇に恐縮しながら、客間に通された直也は、まず清美が無事であったことにほっとした。

「近くまで来たものだから」

「仕事変わったそうね。今の職場はどう？」

「ああ、倉庫で土器を修復する単調な仕事なんだ。給料は安いけど、まあまあだよ」

「準ちゃんに何かあったとか？」

「特にそういうわけでもないんだけどね」

　沈黙が二人を覆った後、清美の話す話が偶然ながらも夢と同じ内容なのに直也は驚いた。

「ねぇ、覚えているかしら。準が安曇野の河原で拾ってきた小石に絵を描いたじゃない。金木犀が匂っていたから、きっとあれは九月だったわ。準もあなたも一生懸命に石に絵を描いてた。こんな風景が本当の幸せなんだろうかと考えながら、こんなことを私はずっと覚えているんだろうなって思ってた」

「調子はどう？」

「先生がね、随分良くなってきたから、仕事に出てもいいって言ってくれて、今、知り合いの弁理士さんを手伝う事務の仕事に出ているのよ」

いつも暗かった清美の表情が、その時少し輝いたように思えた。

「そう、それはよかったね」

「ついこの前のことだけどね、突然吹いてきた風に吹き倒されちゃったのよ、私。何の心の準備もしないで温かな日差しの中にいた時に、急に吹いてきた風によろめいて倒されちゃったの。なんだか私って葉っぱみたいだなって思った。庭の片隅で服に着いた埃を払いながら今までのことを考えてみたわ」

「今はそうして、ゆっくり病気を治して、本当に良くなったらまた一緒に暮らすんだ。焦っちゃだめだよ」

「もう三年にもなるんだものね。あなたには本当に苦労かけるわ」

「準に会いたい？」

「……」

清美は準に会うことを懼れているなと直也は思った。

帰り際に清美が「これ、準ちゃんに渡してちょうだい」と言って手渡してくれたものがあった。深緑色のベルベットの小袋に入ったそれは、小さな割にずっしりとしたものだった。後で見てみると、それは安曇野で拾って絵を描いた小石だった。


翌日、久しぶりに仕事場で吉田に会った。同じ職員でも、この職場では長い時には一月以上顔を合わせない職員も多い。吉田に会った時に直也は、随分前に吉田に聞いた鉱石ラジオのことを思い出した。

「すいませんが、もし、差し障りがなかったら、この前話していた、鳴らないものを譲っていただけませんか」

「はっ？」

吉田は唐突にそう言われて、何のことだか分からない様子だった。

「あの、ほら、この前話してくれた鉱石ラジオの話ですよ。鳴らないものがあると言っていたじゃないですか」

「えっ？　ああ、あれですか。それは構わないんですが、鳴らないですよ。本当に」

「あっ、突然そんな無理を言って申し訳ありません。買われた金額はお払いしますから」
「いいえ、それはいいんです。もし、あんなものでよければ今度持ってきますから」
「どうもありがとうございます」
深々と頭を下げる直也を吉田は不可思議な思いで見やるだけだった。

準を仕事帰りに小学校の近くの学童保育に迎えに行く。準は担当の菊池先生と二人で遊んでいた。いつも最後になるのがかわいそうだが、仕方のないことだった。菊池先生が準の頭を撫でながら中腰になって準にさよならを言う。準も小さな左手を自分の胸の前にくっつけるようにして「ばいばい」と馴れ馴れしく言う。

真っ暗になった玄関の鍵を開ける。準を先に家に入れようとすると、準は尻込みする。「こわいよ」と言う準の言葉で暗い家の中が一層暗く見える。

直也は、いつもするように先に入って、玄関の電気を点ける。準が靴のマジックテープをはがす音がする。その音がいまだにぎこちないのは、体を前屈した時のバランスがうまくとれていないせいなのだと分かる。

「準、靴を脱ぐ時は座ってやった方が楽だよ」

直也がそう言うと、

「立ってやることにも慣れなくちゃと思って」

生きて行くことへの準のひたむきさが、直也の胸を打つ。

「準、昨日ママに会ってきたよ」

直也はそう言ったきりそのままキッチンに入った。

準と二人の食卓は淋しいので、テレビを見ながらの食事になる。

「ママ、僕に会いたがってた？」

「ママがこれ、準に渡してくれって」

それだけ言って、小石の入った布の袋を準に渡した。

準はそれを手に取ったものの、中を見ることもなく無造作にテーブルの上に置いた。


スーパーに買い物に行くと、レジでは沢村さんが準に声を掛けてくれる。

以前、近所の別のスーパーで出逢った時、沢村さんは、準より少し年上の男の子を連れていた。その男の子は右手を忙しなく唇に何度も当てていた。障害を持つ子どもに特有のその動きを見て、直也は彼女が何故準を気に掛けてくれていたのかが分かったような気がした。彼女が男の子を促すと、にこりと笑顔を返してきた。その笑顔がとても良かったと直也は思う。

準の片手逆上がりの練習が始まったのは、それから間もなくのことだった。

「トトー、僕ね、逆上がりの練習してるんだよ。もうみんなできるようになったんだ。先生は、僕はできなくていいって言うんだけど、何だか悔しくって」

「偉いな。でも、どうやってやるんだ？」

「分からない。でも、片手でもね、ちゃんとできるところをみんなに見せたいんだ」

「その気持ちさえあれば、きっとできるようになるさ」

「そうだね」

直也は、その日食事と風呂を終えて準を寝かしつけた後、吉田に譲ってもらった、鳴らない鉱石ラジオを取り出してみた。直也のイメージとはかけ離れた部品が次々に箱の中から出てきた。そして、銀色に輝く一センチくらいの小さな石が例の鉱石らしかった。入っていた説明書には方鉛鉱と書いてある。直也は遅くまで、ジョン・レノンの歌声を聞きながら、じっとその石の輝きを見つめていた。

数日後、家から数分の所にある、川沿いの公園に行って、準と鉄棒の練習をしてみた。準は左手だけでぶら下がるのがやっとだった。やる気が出たのはいいが、はたしてやり遂げられることなのだろうか。直也はその結果を悲観した。

準が何度も何度も試みる度に、ばらばらに上げた足が地面に当たって、ばたんという音とともに埃を上げている。直也も試しに左手で、鉄棒に捕まってみた。逆上がりをやってみると、どうしても片手にかかる負担が大きすぎて腹でうまく鉄のバーを巻くことができない。直也が二回目にチャレンジしようとした時だった。

「トトー。今日はこれくらいにしとこう」

「もうお終いか？」

「一度に何度もやってると、腕が痛くなっちゃうでしょ」

そう言って、準はすっかりバーですれて赤くなってしまった掌を見せた。

「そうだな、長い目で諦めずにやることが大事なんだ、こういうことは」

「トトー……」

「なんだ？」

「あれから、ママに会ってきた？」

「どうして？」

準は自分の掌を何度もこすりながら、じっと下を見ている。

直也が見やったブランコの向こうでは、枯れた薄の葉が風に揺らいでいた。

準の目が複雑な輝きを帯びていた。すっかり葉の落ちた桜の枝先で、百舌がキョンッ、キョンッ、と北風をこするように鳴いていた。

鉱石ラジオは、説明書に従って組み立ててみたものの、付属のイヤホンを通して伝わってくるはずの音がやはりどうしても聞こえなかった。イヤホンから聞こえる音の代わりに、清美の声が聞こえるような気がした。大きな四角いアンテナに巻いた、蜘蛛の糸のような細い銅線コイルが鈍い光を発していた。

♯

準と直也が、駅前の天ぷら屋で清美と会う約束をしたのは、春一番が吹き荒れた翌日の午後だった。その日の風は妙に生暖かく、目に見える景色もぼんやり霞んでいるように感じられた。

直也は店に一足先に着くつもりで準と歩いて家を出たのだが、店ではもう清美が席に座って待っていた。

「随分早かったね」という直也の言葉がその場の空気に浮いて聞こえたのは、準と清美の醸し出す違和感のせいだったのだろうか。清美は顔全体で笑おうと試みているのだが、その目にはただならぬ緊張が漂っていた。

準は清美の姿を見ると体を固くして、左手で直也の腕をつかんだ。直也はそんな準の背中を押すようにして、清美の前に立たせた。

「準、久しぶりに会えたんだ。ゆっくりしよう」

準は何も言わぬままに、立ったまま、靴を脱ごうとしている。

「こういうところは、ここに座って脱ぐといいよ」

直也がそう言って、自分で座敷の縁に座って靴脱ぎで靴を脱ぐ。

準は立ったまま片方の靴を脱ぎ終えていた。

清美がそんな二人の様子をじっと見ていた。座敷に上がってテーブルの向かい側に座った直也と準の顔を眩しそうに見比べた。

久しぶりの再会なのだが、言葉が出てこない。

沈黙に堪えかねたのか、運ばれてきた天ぷらに準がすぐ箸をつける。

「準ちゃんも、すっかりお父さんと」

「手抜き料理を時々非難されるけどね、なぁ準」

直也が呼びかけても、準は黙ったまま片手で大きな野菜のかき揚げを細かくしようとしている。

「準ちゃん、箸の使い方もすっかり上手になったのね」

清美がその場を取り繕うような笑顔で語りかける。

準は下を向いたまま反応しない。

「準は、算数が得意なんだ。いつもテストは満点だよ」

「あら、すごいじゃない準ちゃん」清美がすぐに相槌を打つ。

座敷の窓の向こうに見える坪庭には、マンサクの花が枝の節々から黄色く輝く花びらをほとばしらせている。

「それから、準は今、逆上がりに挑戦しているんだ。逆上がりは難しいけど、左手を豆だらけにして頑張っているんだよ」

「準ちゃんは、辛いことにも負けないで、立ち向かっているのね」

恐る恐る清美がそこまで言ったところで、準はそれまでの動きをぴたと止めてしまった。

直也は、自分が準の気に障る言い方をしてしまったかと思ったが、下を向いた準の半ズボンの膝にぽたぽたと落ちる滴で、準が泣いているのに気づいた。

直也がグラスに注がれたビールを一口ごくりと飲み込む。清美は、テーブルに置かれた水の入ったグラスを左手に持ったままじっとしている。左腕の手首には、あの時の痛々しい傷跡が白くなって斜めに残っている。

——準も清美を懼れているらしい——

直也は、いつにない準の態度に、今日の設定が早計であったことを悟った。

久しぶりに清美を交えての会食は、こんなぎこちなさを残して終わった。

別れる時に見た清美のほっそりした肩の形が、直也の心の中に焼き付いた。

♯

「準、今日は夕飯何にしようか？」

「牛丼がいい」

「またか？　でもいいかもしれない」

この頃は直也が疲れていて、近くに開店した牛丼屋に行って食事を済ませることが多くなっていた。直也と準はそれから、近くの牛丼屋まで歩いた。夕暮れ時の店の中は若い客でいっぱいだった。

　夕刻に子ども連れで入るのは少し気がひけたが、一番手前の椅子に座って牛丼の並と準の分の大盛りを注文した。準の食べ方は、どうしてもそのままどんぶりに顔を埋めているような食べ方になってしまう。

「準、そんなに顔埋めなくても食べられるだろう」

「ごはんがぽろぽろして、箸で食べにくいんだよ」

「しょうがないな」

　直也は、自分のどんぶりの肉をひとつまみ挟んで、準のごはんの上に載せる。

　準はすぐにその肉を摘んで食べる。片腕の準は食べるのに時間がかかるから、どんなにゆっくり食べても、直也の方が早く食べ終えてしまう。辺りを見回してみると、自分たちだけが場違いなところにいるような雰囲気に包まれかけているのに気づく。ここにいる若い人から見たら、自分たちはどんな風に映っているのだろうと直也は思った。

　母親が夕ご飯も食べさせないから、父親がこんな所に連れてきていると思っているだろうか。それとも、仲の良い親子だと思っているだろうか。準の右肩に寄せられる人々の背けがちな目線を感じながら直也は準を見た。

片手の無い哀れな子どもを持った父親の姿が直也の中に浮かんだ。これは、自分の持っているイメージではない。周囲が醸し出しているイメージなのだ。

直也は途中でやりきれなくなり、食べかけの準を促して金を払い、店を出た。直也の耳の中で何かの音がざざぁー、ざざぁー、と鳴っている。久しぶりに訪れたこの音に直也は不吉なものを感じ、その音から逃れるように早足で歩いた。

「どうしたの、トトー」

準が後ろからついてきながら、突然店を出た父親を気遣っている。

このやるせない気持ちは何だ。直也は自問する。無性に自分に腹が立った。

歩いているうちに、いつも準と逆上がりの練習をしている鉄棒のある公園に出た。

「準、鉄棒やってみろ。逆上がりもできなくてどうするんだ」

そう言う直也の言葉に、準もはっとして、握りしめていた袋をポケットにしまい、一番低い鉄棒に手をかける。何度やっても、準の両足はむなしく空を切るだけで、地面から二十センチも上がらないまま、ぱたんと落ちてしまう。

その度に左腕に負担がかかるらしく、準は顔を歪める。

「頑張れ。準、トトがもういいって言うと思ったら大間違いだ。できるまでやれ。左腕が痛くても、おまえの左腕はおまえの体を支えきれない程ヤワにはできていないはずなんだ！」

直也のいつにない語気にたじろいだ準は、泣き顔になりながら鉄棒に掴まっている。そんな準の姿を見ていたら、直也は自分が準に命じていることの理不尽さに一層腹が立ち、そのやり場の無さに悔し涙があふれ出てくるのを押さえられなかった。

準も、何度も上がらない足を宙に蹴り上げながら、どうにもならないことの悔しさに、涙を流し始める。直也は、夕刻にこうして公園で泣きながら鉄棒をしている子どもと、それを見ている父親の姿を頭の中で何度も比べてみた。

耳鳴りの音は変わらない。壊れたラジオのようだ。

直也は、鉄棒に掴まって蹲るようにして泣いている準を後ろから抱きしめる。


四月下旬になって、空気が急に暖かく感じられるようになった。

このところ直也は休日出勤することが多く、準も学童保育で休日を過ごすことが多かったが、この日は準と過ごす久しぶりの休日になった。

洗濯しようとして、準のズボンのポケットに何かが入っていることに気づいた。取り出してみると、いつか清美から手渡された小石の入った袋だった。

「トトー」

昼食を食べている時、その声のトーンから準が言おうとしていることが分かった。

「どうしたんだ」

「やっぱりいいや」

あれ以来、準はいつも気持ちのどこかに清美のことを蘇らせているようだった。準の言葉は意識しているわけではないのに、そのことをよく示していた。

「準はママのこと……」

直也はそう言いながら準の顔を覗き込んだ。

窓の外を鳥が横切る。

直也は、最後に皿に残ったウインナーソーセージに手を伸ばしかけて手を止めた。

準が、その代わりに左手で持ったフォークで器用にソーセージを突き刺して口に持っていく。

「トトー、ごはん食べ終わったらさ、また一緒に逆上がりの練習に行ってくれる？」

「ああ、いいよ。どんなことでも、準ができるようになるまで、ずっとトトはそばにいるよ」

直也の声に被さるように、ジェット機の飛び去る音が空全体を覆っていく。

鉱石ラジオは鳴らないまま完成した形で、直也の机の上に置きっぱなしになっていた。直也は暫くこのラジオを鳴らそうと努力することを諦めていた。吉田が鳴らせなかったものを自分に鳴らせるはずがない。そんな考えが先に立っていたのかもしれない。埋蔵文化センターのプレハブ小屋の中で、土器の修復をする作業をしていて気づいたことがあった。自分がこうして、古い遺跡を修復しているのは、かつて存在したある形を再現するためなのに違いない。そのことに自分は今、充実感のようなものを感じている。

あの一旦諦められた、鳴らない鉱石ラジオを自分の手でもう一度鳴らせたらどんなに素敵なことだろう。土器のかけらを色々組み直して、どことどこを組み合わせれば一番しっくりくるのか考えているうちに、あの蜘蛛の巣のようなアンテナのことが思い浮かんだ。

——時計と反対回しと説明書には書いてあったはずだぞ——

直也はたった一人しかいない職場でこう呟いていた。

仕事が終わると、直也は急いで準を迎えに行き、家に帰った。

「準、今日もほかほか弁当でいいか？」

「えっ、また？　トト手抜きだな」

「ちょっとやらなければならないことがあってな」

準と二人で早めに食事を終えると、直也は作業にかかる前にアンプのボリュームを絞ってジョン・レノンのCDをかけた。ジョンの声がスピーカーから微かな音量で響いてくる。こんな微かな音でもジョンの声には味がある。

直也は早速机の上に置きっぱなしになっていた鉱石ラジオのアンテナを調べてみた。

「やっぱりな」そう言って直也はアンテナのコイルをほどきにかかった。直径一ミリ前後の細い銅線コイルは切れないようにほどくのにかなりの時間がかかった。

コイルが右回りに巻いてあったのだ。それを、また丁寧に左回りに巻き直す。なるべく捻れないように少しずつ時間をかけて巻く直也の指は、繭を編んでいる蚕の姿に似ていた。

コイルを巻き終わると、直也は静かに手をアンテナから外して深呼吸をした。直也の心の中にひっかかっていたものが、その瞬間にすっと軽くなったような気がした。付属のクリスタルイヤホンを接続して耳に当ててみる。

耳にざーっと言う音が響いた時、直也は咄嗟に体を固くした。また耳鳴りの音が戻ってきたと思ったからだ。

イヤホンから漏れる小さなノイズとともに音が聞こえてきた時に、はじめてそれが電波のノイズだと分かった。そして、ノイズの背後に聞こえてくるその音楽は、なんと彼がたった今聞いていたジョン・レノンの「Stand By Me」だった。
――なんとかなるのかもしれない――
直也は右耳のイヤホンを、もう一度耳に強く当て直した。

メール

「GLOBALLOTTOGAMES E-MAIL LOTTERY PROMOTION
THE HAGUE, THE NETHERLANDS.

Attention:Youji Yamashita

Dear Sir,

あなたの電子メールのアドレスがめでたくグローバルゲーム電子メール宝くじに当選しましたのでお知らせします。

あなたの電子メールアドレスは２０６７５５４３２５６－７８６番シリアルナンバー３７６５－７５はラッキーナンバーの７－１２－１８－２４－３２－４５を引き当てましたので、ＵＳ

$500，000，00、が支払われます。おめでとうございます。このプログラムは毎年行われており、全ての参加者はコンピュータによって、全世界の100，000を越える会社と50，000，000を越える電子メールアドレスの中から選ばれます。

不必要な遅延や困難を避けるために、あなたの照会番号とバッチ番号を忘れないでおいてください。あなたの請求でお金が送金されるまで、この当選の親書を保存してください。二千三年の九月までにはお金が送られます。この日以降請求されないお金は次の機会に持ち越されます。C.hensmori GlobalInfo@email.comに連絡していただき、あなたの請求を登録してくださるか、より詳しい情報をお聞きください。

もう一度おめでとうございますと言わせていただきます。」

こんなメールがパソコンに届いたのは、七月四日のことだった。

以前にも、アメリカ発のダイレクトメールでこんな案内をもらったことがあり、それには、丁寧に日本語が添えてあり、「おめでとうございます。あなたは百万人の中の一人に選ばれました」とあった。よく内容を読むと、選ばれたからには、その賞金を得るためにまず組織への入会金を100ドル払ってくれとあった。それで、そのダイレクトメールが詐欺まがいの新商法であることを悟ったわけだが、今回は少し違っているような気がした。というのは、このメールが送られてくる前から、アフリカやインドのチャリティー団体から寄付金の申し入れが何通も私のメールボックスに入っていたからである。

五千万ドル。つまり六十億円が、もしもこの手に入ったら何をしよう。まずは、家のローンの返済に充てよう。それで二千万円くらいが飛んでいっても、まだ、五十九億八千万が残っているわけだ。定年になってから死ぬまでの約二十数年間にいくらくらいの金がいるだろうと考えたことがあった。妻と二人で苦しくない程度の生活をしたとして、月々二十万はかかるだろう。それが一年で二百四十万、十年で二千四百万、二十年だと倍の四千八百万円だ。年金がいくらか出るとして、その分を差し引いても、少なくとも二千五百万は必要だった。たった二十万で慎ましやかな暮らしを立てようと思っても、収入が無くなってからでは、こんなにもお金が必要なのだと愕然とした。一大決心をして家を買った時と殆ど同じだけの蓄えが必要なのだと何やら遠い気持ちになったのを昨日のことのように覚えていた。家のローンを返した後はどうしよう。今の仕事を辞めよう。二十五年間、はいつくばるようにして頑張ってきた。それも妻と子どもを養っていくためだけだったのだから、今更仕事に未練はない。さっさと辞めてしまうに限る。私の仕事は教師だった。国語の教師として、古文や漢文、現代文を生徒達に教えてきたつもりだが、それらの知識の多くは、その場限りか、定期試験終了後には、生徒の頭の中から消えていった。つまり、考えようによっては、この仕事は「知識」を売り物にしてはいるのだが、その形のない「知識」は、本当は生徒とその親と世間と自分との共通の幻想が成り立たせているだけのものに過ぎなかったのかもしれない。

生徒がよく私に「先生、そんなこと勉強して何になるんですか」ときくことがあったが、私はその時こう答えていた。

「つまり、星の数程ある人生の中で、君たちの背丈にあった人生を間違いなく選択するために、こんな無駄に見える勉強をしているんだ。全て経験していたら、人生はいくつあっても足りないだろう。それを省略して、その上に、自分に合った人生を見つける知恵を身につけるために君たちは勉強しなければならないんだ」

次は妻と離婚して、何ものにも縛られない自由な暮らしを手にしよう。慰謝料が請求されたとしても、私は慈善活動でもしたように穏やかに笑ってその金を払うことができるだろう。それでもまだ、五十九億円以上が手元に残るではないか。私はこのことを家族には言わなかった。九歳になる一人息子の準はどうするのだろう。これから、中学に入るまで塾にも行かせなければならないだろうし、中学に入ってからも部活動や塾に行けば金がかかるだろう。高校、大学と進めば更に多額の金がかかるだろう。その金だって残りの五十九億円でいくらでも何とかなるはずだ。

そうこうするうちに二通目のコンタクトがあった。

「GLOBALLOTTOGAMES E-MAIL LOTTERY PROMOTION
THE HAGUE,THE NETHERLANDS.

Attention:Youji Yamashita

Dear Sir,

当選手続きをするためには、この案内に従ってください。認定と連絡のため、あなたのフルネーム、電話番号、FAX番号をお知らせください。今後、口座担当者からあなたの口座に五十万ドル振り込まれたという連絡がいくでしょう。このグローバルゲーム電子メール宝くじは、石油大国イエメンアラブ共和国が後援しています。この宝くじで、国の名を広め、国王の威信と巨万の富の一部を一般に還元するという国王の意志を我々エージェントが請け負っていますので、この宝くじの莫大な金額に疑問を抱く必要はありません。もう一度、言わせてもらいます。おめでとうございます。」

私は、オランダとイエメンがどのような関係にあるのか知らなかったが、ともかくこの指示通り、私のフルネーム、電話番号、ファックス番号をミスターC.hensmoriに返信した。

家のローンを返して、仕事を辞め、妻と離婚した後、子どもを自分の養育権で育てる。突然降って湧いたような五十億円騒ぎで私が考えたことはこれだけ！　まだ金が手に入ったわけではないが、私自身の発想の貧困さ、理想の低さ、そのスケールの小ささに我ながら愕然としてしまった。こんなことくらいしか思い浮かばないのだろうか。もっとスケールの大きなことは考えられないのか。こんなことは、多少のリスクを覚悟すれば金がなくたってできることではないか。これだけの金があれば、どれだけ好きなことをして遊んで暮らしてもそうそうすぐに尽きることはないだろう。

手の届かなかった高価な外車を手に入れ、東京の郊外に大きな土地を買って、豪邸を建てる。以前から憧れていた豪華客船での世界一周旅行。地中海沿岸の国々に次々に移り住んで、毎日海を見ながら眩しい朝日が昇るのを見る日々もいいかもしれないし、ポリネシアやミクロネシアの名前も知られていない南の島で暮らすのも楽しいだろう。そんなことをイメージしてみたが、すぐその後で、それができたからといってなんだというのだという冷めた声が聞こえてきた。実際その通りのことができても、じきにそんなことには飽きてしまうだろう。周囲から顰蹙を買うだけの話だ。もっと人に目立たないスケールの大きなことはできないのだろうか。例えば、全額をチャリティー募金に寄付してしまうとか。しかし、それもつまらないだろう。後悔してしまうのがよくわかったし、それでは自分に返ってくるものがなさ過ぎる。それでは、今まで通り仕事も辞めず、離婚もしないで、ささやかな生活を続けながら困った時の金を補うだけにするか。それもいいかもしれない。今まで行けなかった場所に旅行することだってできるし、日常だってそんなに変わることはない。やはり私はスケールの小さな人間なのだ。生まれて四十七年の間、そのスケールを選んで、その大きさに慣らして生きてきた。今更、そのスケールを変えられるわけがないのかもしれない。しかし、そんなことを考えながら暮らす日々は、私にとってますますつまらないものに思えてきた。

「ねぇ、ねぇ、パパー。今日僕が勉強終わったらサッカーやって遊んでくれる?」

休日私が家にいる時には、いつも息子は遊び相手になることを要求する。私は子どもの要求通り子どもと遊べる暫しの幸福のようなものを手に入れたつもりで遊んでやる。しかし、子どもの遊びはとりとめがなく、サッカーをやろうと言っては、たまたま遊び場で見つけたテニスボールで野球に変わってしまい、適当な長さのバットを探すことで終わってしまったり、近くにいた親しい子ども達と鬼ごっこになって、鬼の役になり、犬の糞を踏んづけて、それを取るのに小一時間かかったりした。それはそれで楽しい時間に違いなかったが、深入りすると果てしがなく、家に帰っても、プロレスごっこの相手をしながら、どこかの血管が切れてしまったように笑い続ける子どもと、泥沼の中に入り込むように一緒に笑い続ける羽目になる。そんな時には、どこかで終止符を打たなければならないのだが、そこの終止符がとろとろとどこまでも笑いの先について行ってしまうから、なかなか終わりにできず、軽く手加減して子どもの頬を叩いても、子どもは笑い転げている始末だった。そして、最後には母親が登場して「何をいつまでも勉強もせずに、そんなことばっかりやって！」と怒鳴られて終わるのだった。当然のごとくこちらにまでとばっちりが飛んできた。

はっきり言えば、こんな暮らしが際限なく続くことに対しても私は不満を持っているわけではなかった。しかし、何も不満がないことが私の幸福に繋がるかと言うとそうでもなかった。少なくとも、この妙なメールが私の所に届くまでは、私はそれが幸福だと勘違いしていただけだったのだ。

　職場に出かけて自分の椅子に座る。同僚の顔をちらと見て、教科書を出し、その日の授業の予定を立てる。その日は、私の持っているクラスの授業は午後からだったので、とりあえず昨日し残した仕事を片づけることから始めた。授業が終わるとホームルームクラスの掃除の指示をして、掃除を生徒と一緒にやる。一通り終えたところで職員室に戻って会議用の文書を作り、会議を開いて議論する。そんな苦労を重ねて、毎月十六日になると振り込まれる給料。天引きになるローンの金額を差し引くと、家族三人がやっと暮らせるだけの金。しかも、家のローンは後二十年も残っている。

　仕事帰りに、同じ国語科の同僚の中島に焼き鳥でもどうだと誘われた。それまでなら、そんな付き合いも人生には大切だとすぐに誘いにのっていたが、私はそんなことにも冷め始めていた。

「これまでは、それも幸福の一つに数えていたんだが、今はそれが幸福とは限らないことに気づいてしまったんだ」

　私は中島にこう言って断った。

「なんだ、山下、この頃妙だぞ。宝くじでも当たったのか」

色の黒い中島の目が訝しげに私を見つめている。

——その通りさ。俺はもう、こんな世界に興味はないのさ——私はよほどそう言いたかったが、そこをぐっとこらえて沈黙した。

夕刻、駅までの道を歩きながら帰る。七月半ばになっても外は蒸し熱く、日中に灼けたアスファルトの残熱が足の裏に伝わるのを避けるように駅までの道を足早に歩いた。

駅を降りて、家に向かうまでの間に通り抜ける商店街の一角に、ペットショップがあった。歩いているとその独特な動物臭が鼻を撲った。そこには、いつも私を見ると籠の網越しに飛びついてくるプレーリードッグがいた。私はこの頃、ペットショップのプレーリードッグと過ごす暫しの時間を密かに楽しんでいた。その日、プレちゃんは（私はペットショップのプレーリードッグに密かにそんな名前をつけていた）いつになく興奮していた。私を見るといつものように金網越しにこちらへ向かって飛びついてくるのだが、その日は籠の蓋のストッパーが甘くかけられていたために、プレちゃんの飛びついた瞬間にそのストッパーがはずれてしまった。

プレちゃんはその蓋が軽く開いてしまうのを確認するように、頭で押して、籠から外に出てしまったのだった。そして、かねてからの友達である私をめがけてジャンプしたのである。若い黒縁眼鏡の男性店員が慌ててやってきて、プレちゃんを捕まえようとすると、プレちゃんは怒って店員の手を嚙んだ。彼は自分の手から血が滲むのを確認すると突然ムキになって無理矢理プレちゃんを私から引き離そうとした。私はそんな顚末を見ながら、思わず店員に「このプレーリードッグ欲しいのですが」と言ってしまった。

きょとんとした店員に、私はもう一度静かに念を押した。

「プレーリードッグを飼うことぐらい私にもできますよ」

その日、縦長の金属製の籠に入ったプレちゃんを持ったまま、私は不動産屋を訪れた。そして、私の口からは、自分でも信じられない言葉が誰かに操られてでもいるようにすらすらと出てきたのであった。

「マンションを探しているんだ。駅に近くて、日当たりがよく、最上階の一番端というのが条件だ。右端でも左端でもよいが、景色がよくなければいけない」

不動産屋は白い半袖のワイシャツと茶色いズボンを履いていた。毛だらけの手に白っぽいタオル地のハンカチを持って、頻りに額にあてていた。小太りでやけに顔色の赤黒い男だった。彼は私の言ったことに疑問を持っていたようだった。その時の私は、汗だらけの白いポロシャツと底がすり減って今にも口を開けてしまいそうな傷だらけのローファーという姿だった。

「お客さん、それなら、望み通りのマンションはいくらでもあるよ。ただ、景色がよいというのは例えばどんな？　海が見えるとか、山が見えるとか、夜景がきれいだとかいろいろあるでしょう。それから新築だとすぐには入居できないし」

私の身なりに合わせた物言いだな、と少し嫌な気持ちになったが、敢えてそこは気にしない風を装った。

「そうだね、海が見えるところがいい。できれば新築で、できるだけ早く入居できるところがいいな」

「それなら」

そう言いながら不動産屋は席を外し、透明なプラスチックのケースにストックしてある資料をいくつか取り出してきた。そのどれもが、以前の私には考えられないような物件だった。不動産屋としては、みすぼらしい身なりの私の申し出を高価な物件を示すことで、後悔させようと言うねらいもあったのかもしれない。しかし、その時の私はもう何かが切れかけていた。私は、こつこつと正直に続けてきた気の遠くなるような時間の中で、本当に自分のしたいこととは違うことを、成り行きによって背負い込んだまま生きてきた毎日のつまらなさにうんざりしていたのだ。

資料は、一流の建築会社が手がけた自慢の物件ばかりで、中には天井までの高さが、五メートル以上ある部屋もあった。リビングの広さは申し分なく、二十畳、三十畳はざらで、部屋数はそれ以外に三部屋もあれば十分だった。私はその場で、三十畳のリビングのある、太陽建設の手がけた四井地所のマンションを買うことにした。総額七千三百万円だった。

さすがにその時には実印は持っていなかったので、翌週実印を押すことにして、その日は何食わぬ顔をして家に帰った。

籠に入ったプレーリードッグを見て、息子が飛びついてきた。

「パパ、どうしたのこの大きなネズミ」

「準。これはネズミではなく、プレーリードッグって言うんだ」

「これ家で飼うの？」

「学校の独身の同僚から四、五日預かってくれと言われて預かったものなんだよ」

「なぁーんだ」

息子は落胆した。自分の口からするすると出た嘘の心地悪さが背筋を十度前屈みに歪ませた。

「同僚が研修から帰ってくるまでは暫く家にいるよ」

「ねぇ、これなんて言う名前なの？」

「プレちゃんだよ」

「プレちゃんって言うんだ。かわいいね」

そう言って息子は籠の前に張り付いてしまった。

「ねぇ、君どこからきたの？」

プレーリードッグがそれまでの忙しない動きを止めて、息子を見つめている。

「へぇー！　外国から来たんだ」

「ねぇ、パパー。プレちゃんね、外国から来たんだって」

「よく知ってたね。確かにプレーリードッグは北アメリカ中央部の草原に住んでいるんだ。牧草や虫を食べているんだよ」

「プレちゃんの友達は？」

息子はそのまますぐにプレちゃんと話し始めてしまう。

「へぇー、集団で住んでたの。それでなんだって？」

「ええ！　君は小さい子どもの頃に、兄弟と一緒に捕まって日本に来たの」

「おい、準。おまえ、どこまでその子の言葉がわかるんだ？」

「わかるわけないじゃないか。これは僕の一人芝居だよ」

そう聞いて私はほっとすると同時に、息子の真実めいた一人遊びが少し危険な領域に入ってしまっているのではないかと感じ始めていた。

「おい、聡子。準のあの趣味はいつから始まったんだ」

私はさすがに心配になって妻に聞いた。

「何を言っているの。いつも仕事ばかりで面倒を見ないからわからないのよ。準の一人芝居の癖はもう一年以上前から始まっているわよ。でも、子どもにはそんな時期も必要なんだって」

「ふーん、そんなもんかな」

それ以後、息子はプレちゃんと自分だけにしか通じない会話を始めてしまい、私達との会話は上の空になってしまった。

私は、自分の中に秘めている膨れあがるような感覚が、私を突き動かし始めているのを感じていた。家族にはマンション購入の件は一言も言わなかった。不動産屋にも事情があるので自宅の電話番号には電話しないでくれと告げておき、連絡は私の携帯に直接してもらうことにした。家族と食事を共にしている間も、自分が自分でないような気持ちになった。私の中に成長しつつある何かが、私を私でなくさせつつある。それは、今の私には快感だった。家族に秘めた大きな秘密。その秘密のために私はそれまでにない人生を得られつつあるのだ。私は一体どこまで変われるのだろう。

テーブルに目を移すと、目の前に出された白い皿の上にのった大きめなイサキの塩焼きの縞模様が私の目に軟質の違和感を運んできた。思わず、缶ビールの蓋を開けてコップに注ぎ、まず一杯目を無心に飲むと、ほっとした気持ちが私を覆った。

「食事中にぼーっとして、何をぶつぶつ言ってんのよ。変わる変わらないって、何が変わるって言うのよ。ばかばかしい」

聡子の口癖は「ばかばかしい」だった。彼女の頭の中にはずっと以前から、この「ばかばかしい」が巣くっていた。そして私は、この「ばかばかしい」という言葉を聞く度に、一つずつ何かの意欲を削がれていくような気がした。

「ママー見て見て」そう言って、小さな子どもが無邪気に喜んでいることに対しても、聡子は容赦なく、「ばかばかしい」という言葉を投げつけた。だから、子どもは「ママ見て」という言葉を言わなくなった代わりに、ひどく無口になり、一人遊びが上手になってしまったのだった。だが、今度だけは違う。このことは絶対に彼女にだけは最後まで隠し通すつもりだからだ。私は、残りのビールをコップに注ぎ終えると一気に喉の奥に流し込んだ。

マンションの契約の日。私は午後から年次休暇をとって不動産屋に赴いた。実印を手にして朱肉をつけた時には手が震え、何度も自分の手に朱肉をつけてしまってはティッシュで拭いているのを不動産屋は、心許なげな目つきで見つめていた。契約終了。手付け金はとりあえず銀行の預金から百万円を下ろして入れておいたので、残りは月々の払いという面倒な方法はとらず、一ヶ月後に支払える見通しがあるという一応の仮定の下に、その時まで銀行に借金することにした。銀行は我が家を抵当にしたものの、公務員という肩書きが効いたのか、ただの個人にいとも簡単に多額の金を貸すというのがこの時に初めてわかった。

次の段階になった。私の運命も、変わる日が近かった。

メールが入っていた。

「GLOBALLOTTOGAMES E-MAIL LOTTERY PROMOTION
THE HAGUE,THE NETHERLANDS.

Attention:Youji Yamashita

Dear Sir,

事務連絡です。先日の我々の最後のメール宝くじに書いた合計５００，０００，００ＵＳ＄の賞金は支払い機関の証書によって確実になります。

賞金はあなたの銀行口座に速やかに入れるために、当方の仮口座に入金してあります。現在、あなたの賞金にかかる保険をあなたの指定した口座から引き落とすことができません。

二千三年七月三十日までに計１，０５０，００ＵＳ＄の保険金を我々の口座に支払った証書を添付して、記録に残すためにファックスしてください。下記に我々の口座への詳しい送り先を記しておきますので、支払いは速やかに行ってください。

B・MARBIN
NETHERLANDS・HURG

GLOBALLOTTOGAMES E-MAIL LOTTERY PROMOTION
THE HAGUE,THE NETHERLANDS.

THIS FORM SHOULD BE COMELETED BY BENEFICIALY OF FORM FOR PROPER VERIFICATION BEFORE TRANSFER

FIRST NAME.............................. LAST NAME..............................

RESIDENTIAL ADDRESS..

DATE AND PLACE OF BIRTH...

TEL NO................................ FAX NO ....

SECURITY FILE NUMBER...

TICKET NUMBER/AMOUNT WON..

OCCUPATION………………… MARITAL STATUS…………………

OPTIONAL TRANSFER PROCESS

1.SWIFT BANK TRANSFER….(BANK DATA REQUIRED)

(BANK TRANSFER AND CHEQUE ISSUANCE ARE POSSIBLE ONLY WHEN BENEFICIARIES CANNOT TRAVE TO MAKE CLAIMS TO THEIR RESPECTIVE WINNINGS)

NOTE:BENEFICIARIES ARE RESPONSIBLE FOR TRANCEFER CHARGES.

DECLARATION

I……………HEREBY DECLARE THAT THE ABOVE DATA ARE TRUE ARE CORRECT.

"GLOVALGAMES" SHALL ACT AS MY AGENT IN FACILITATING THE TRANSFER OF MY FUND TO ME.
DATE……………………
SIGN……………………

＊注意：このシートにあなたのパスポートの写しを必ず貼り付けてください。」

このパターンは以前、私宛に来たダイレクトメールと同じパターンだったから、これが詐欺メールであることはほぼ確実だった。しかし、私はここで、そのことに気づかない振りをすることにした。ここで気づいて、いつもの自分に戻ったとしても、今の私に何が残るというのだろう。芋虫が大陸を横断するような、果てしない生活が待ち受けているだけではないのか。戻ったとしても、高が知れた人生だと思った。メールの発信地が確かなら、それはオランダから発信されているらしい。念のために、インターネットで検索を入れてみた。しかし、グローバルロットゲームや電子メール宝くじについてのサイトや記事は見あたらなかった。それでも、私はこのメールの指示に従い、ＦＡＸで記入した内容を送った。

翌日、私はプレちゃんの入った金属の籠を持って銀行に行き、貯蓄していた日本円を1，050，00US$に換えた。およそ一千二百六十万円の金額だった。手数料が二十五万円だったのに憤然とした。こんな時になってもケチな気持ちが頭をもたげてくる。金を直接手にすることがなかったものの、一枚の紙に書かれた数字がこれほどの意味を持って自分に迫ったことはこれまでには一度もなかった。銀行員が処理するまでの待ち時間に私は色々なことを考えた。不思議なことに、子どもと妻と三人で暮らした幸せな日々ばかりが浮かんでは消えて行った。この金は、これまで私が子どもの教育資金や老後の生活費のためにと少しずつ貯めてきたものだった。

周囲の人々の目が、私の足元でがたがたと忙しなく動き回るプレちゃんに注がれていた。私は次第に自分の顔から血の気が失せていくのを感じた。膝ががくがくと震え始めた。唇が感覚をなくして、分厚いゴムが触れ合っているような奇妙な感じがした。天井のクーラーの音がやけにはっきり耳に聞こえ、広い空間の中に、たった一人になったような気持ちで担当の銀行員を見た。

「お客様、今からでも間に合います。これは間違いなく詐欺ですから、こんなことはやめて、もっと大切なことに自分のお金は使うべきです」

その時、彼がそう言ってくれさえすれば、私は直ぐにでも送金を諦めただろうと思う。しかし、縁なしの眼鏡をかけた目元の涼しげな銀行員は私の愚行を嘲笑しているような顔つきで淡々と処理を続けていた。私にはこの銀行員までが、詐欺グループの共犯者に思えた。あちらこちらで、善良そうな顔つきで動き回っている銀行員達の顔が仮面に覆われているように見えた。順番待ちをしている多くの人々がいる。仮面の詐欺師達に騙されるために吸い寄せられるようにここにやってきた人々。

自分の運命が大きく変わるかもしれないという、尻の穴がひやひやするようなスリルな感覚。見えない深い水の底に引きずり込まれていくようなとめどない不安に期待を抱いている矛盾した自分という存在の不確かさ。今まで当たり前の事としてあったものが失われようとしている。そして、金を振り込んだ時点で、その中にもう私は充分に足を踏み込んでいるのだった。しかも自らの意志によって。後は激流の中で、その流れがどこへ行こうとそこに身を任せるしかないのだ。

甘美な破滅の匂いがした。それまでの私の周囲には、安定と退屈が表裏にくっつきあったような平和しかなかった。その平和は、少しずつ少しずつ時間と生活とを蝕んでいった。そして、そんなものを守りながら生きてきた自分の人生が急にばかばかしく感じられてしまったのだった。それまでの安逸の薬に酔っていたものが、急にその薬が切れてみると目の前には怠惰と逃避とが生み出した退屈な平和というまがい物が横たわっていた。もし、送られてきたメールを詐欺だと言って非難するなら、いつの間にか自分の前に広がっていたこの日常こそが、詐欺以外の何ものでもないのではないか。多くの人々を何の疑いも持たせずにたたき込み、その中で、変化させることもなく生きながら殺してしまう、この巧妙な日常の詐欺行為に対して、なぜ人々は憤ることがないのだろう。私にとっては、日常の中にあって穏やかな顔つきで生活を続ける者たち全てが、この詐欺行為の共犯者だった。

「山下様。山下様。ただいま処理が終わりました。これがその書類です」

その声はあまりに淡々とし過ぎていた。貧血になりかけていた私は、その途端に急に今までの極度の緊張が解け、その落差のために真っ白になった頭の中に血の気が戻ってくるのを感じていた。

自宅から電車で一時間かけた、海辺の駅の近くにそのマンションはあった。銀行で入金を済ませた後、私はプレちゃんの入った籠を持ってマンションのエントランスの前に立った。オートロックのナンバーを入力すると木の格子模様の扉が開く。建ったばかりのそのマンションには独特の匂いがあった。玄関の鍵を開けると、廊下がリビングに延びており、そのリビングの向こうには、私の期待通りの海が広がっていた。リビングのソファーは前もって家具屋に運ばせておいたものだった。白い壁紙にグレーの色がしっくり溶けこんでいた。

プレちゃんががたんと音を立てて、籠の中に立ち上がり、海を見ていた。北アメリカ中央部の草原に住むプレーリードッグにとって、今目の前に広がる海原はどんな風に映っているのかを考えてみた。自分の住む世界とは異なる別世界をこの動物は今目の前にしている。その感動にプレーリードッグの曲がった手が、少し震えているのがわかった。破滅がやってくるまでの間、私はこのマンションと自宅との二重生活をすることになるだろう。誰もいないだだっ広いマンションの部屋の中で、私は北アメリカから来た小動物とともに別世界のことを思っていた。目の前に広がる海のずっと向こうの深い底にいる誰にも知られていない生き物たちには、海の上に広がるこの光に満ちた世界はどのように見えるのだろう。

八月の海は、清浄な空気と光を集めて煌めいていた。そこには何の思惑もない純粋な存在としての海があるだけだった。

翌月から始まった銀行への借金返済に私は頭を抱えた。この現実的な苦しみと今まで自分は戦い続けてきたのだなと思った。そうして、そうしたことで悩み続けて、その悩みのやりくりをしていくうちに、あっという間に人生が終わりに近づいてしまうのだ。若い頃自分の生きる方法とは、自分の周囲にある様々な障害をいかにして自分から排除していくかということにかかっていた。そして、今、自分が考えているのは全てを受容しようという考えだった。私にある日メールが届いた。そのことに自分の身を置いてみようと考えた。そして、その流れの中にいる自分を受容していこうと。日常に騙されていた目から見れば、私のこの行為はとてつもなく愚かな行為に違いない。月々百万の銀行の返済金額は、しがない教員の給料からはとても払える金額ではなかった。しかし、そうなってみると、自分の背後にある何ものかを意識した毎日にはぞくぞくするスリルがあった。明日はどうなるのかはわからない。何度銀行口座を見ても、ネーデルランドからの賞金の入金記録はなかった。思った通りのことになったはずなのに、その空の口座を見る度に、体中から力が抜けていくのが不思議だった。当然のことだが、変質したのは家族だった。妻は日常の些細な行動に対して猜疑心を持つようになった。準は私に、「ママがね、パパのこと注意して見ていてって言ってた」と打ち明けてくれた。妻は私がちょっと出かけたり、コンビニに行く程度の用事でも、子どもについて行くように指示した。準は、ママの命令なのだから仕方がないという顔つきで私についてくるものの、コンビニやスーパーでおもちゃをねだることだけは諦めなかった。自転車で休日の公園に息子と二人で行く。公園には幸せそうな家族連れが多かった。金木犀がどこからか匂っていた。芝生に敷物を敷いて、お弁当を広げ、お茶を飲む家族の横に、私と息子は座った。家族の和やかな雰囲気が、私達が座ることで一瞬途切れたのは、私達の表情が、他の家族達のような幸福をたたえていなかったせいなのだろう。

「空がきれいだね」

私が、子どもに話しかけた言葉がそのまま宙にとどまってしまう。

「パパ、この頃苦しんでいるみたいだね」

準の切れ長の目がやけに澄んで見えた。

「どうしてそう見える?」

私は突然の息子の言葉に動揺を隠しきれなかった。

「この前、家に変な人達が来たよ」

「そうか」

「何か大きな声で、怒鳴って帰って行った」

私は当面の生活費をつなぐために、サラ金に金を借りてしまったのだった。大声をあげたのは、その連中なのに違いない。

「それでね、パパは信じているのかもしれないけど、オランダのネーデルランドの懸賞金は最近流行のサギの一種なんだって。ママが言ってた。子どもでも分かるって」

子どものその言葉を聞いて、私は自分自身がそんな風に子どもに思われていることが恥ずかしかった。

「準。もしもの話だけどね、パパとママが別れたら、準はパパと一緒に暮らしてくれるかな」

突然の私の質問に準は下を向いたまま、返事をしなかった。話題を変えようと思った。

「準。プレちゃんに会いたいだろう」

「えっ？　だってプレちゃんは……」

「プレちゃんはね、同僚から借りたペットではなくて、本当はパパがペットショップで買ったんだ。今でも、逗子にあるパパのマンションにいるぞ」

「パパのマンション？」

「そうだ。海が見える素敵なマンションさ。天井が高くて、窓を開けると海の匂いが飛び込んでくるんだ。パパは休日の度にそこに行って、じっと海を走るヨットや漁船を見ているんだ」

「いつから？」

「宝くじ当選のメールが届いた時に、銀行に行ってその金額に見合う豪華なマンションを買ったんだ」

「だから、パパ、それは……」

「そのことはもういいんだ、準。この話はママには絶対に内緒だぞ」

私と準は、その日電車に乗って逗子まで行き、マンションに着いた。

「うわぁー」

準が部屋の広さに感嘆の声をあげる。そして、窓辺に走って行って、窓の外の全面の海を見つめる。

「恐いみたいにきれい」

準が言ったその言葉が印象に残った。準はそのまま、海の見える窓辺に行き、窓を開けて海風を部屋の中に入れた。テラスにある、白い鋳物のテーブルと椅子は、まがい物の日常にふさわしいような気がした。準はその椅子に座り、海を見ながらゆっくりと深呼吸をした。準が今何を考えているのか、私にはよくわかった。子どもである準と親である私の立場が入れ替わってしまったような気がした。ついこの前まで、山の方に聞こえていた蝉の鳴き声が、いつの間にか消えているのに気がついた。

窓辺の籠の中にいたプレーリードックが、立ち上がって準の様子をじっと見ていた。準は、椅子から立ち上がると、籠の存在に初めて気づいたように、「プレちゃん！　久しぶり」と言って、籠の入り口から手を入れて、プレちゃんの頭を軽く撫でた。プレちゃんは、準の手に捕まるように体を動かして、指をぺろぺろなめた。

家に、借金の督促状が届いても、放っておいた。督促の利子は利子を呼び、世間で言われる通り、雪だるま式に膨れあがっていった。もちろんネーデルランドからの五十億円の送金などあるはずがなかった。しかし、督促通知が届く度に追いつめられていくのはむしろ快感だった。こうして追いつめられていく自分がどんな風にダメになっていくのか、最後のところでどういう判断を自分はするのか、それを確かめてみたい気がした。準は、妻と一緒に妻の実家に暮らすようになっていた。何日か前に、妻の実家の義母から電話があった。二人が来ていることを電話で告げると、こちらの返答を拒絶するように電話を切った。

毎日のように仕事場の学校の校門には、どうやって職場を調べたのか、一見して質の悪い人種であるという雰囲気のサラ金の取り立て人が待ち伏せていた。大声で言い争いになっている私と業者を、生徒達が遠巻きに通り過ぎて行った。同僚の中で唯一仲のよかった中島が私を気遣ってくれた。

「山下。おまえ、この前からおかしいおかしいと思っていたら、サラ金に手を出していたんだって。やばいぞ、このままじゃ、おまえ。何とか早めに手を打たないと」

「そう言ってくれるのはおまえだけだ。でも、俺はもう戻れないところまで来てしまったんだ。手を出したのはサラ金だけじゃないんだ。それにもう……」

その先を言おうとしたが、やめておいた。居心地の悪い間があった。

「おまえがそこまできてしまっているとは思わなかったぞ」

そう言ったきり黙ってしまった中島の太い眉が奇妙な線を描いていた。

数日後、校長室に呼ばれた。校長によると、金を取り戻せないと判断したサラ金業者が教育委員会に直接告訴したらしかった。慎重に事情を聞かれた後、翌日県教育委員会へ一緒に行くように言われた。

「こうなってしまった以上、私は県の指示に従うより他ありませんから」

校長室のソファーで向かいに座っている校長は、私の顔を見ないようにそう言った。

その後付け足すように「信用失墜行為」という言葉が校長の口からもれた。それが私の「罪状」らしかった。こんな仕事にしがみつく気持ちは毛頭残っていなかったものの、訓戒というものが、役人達によってどのように演出されるのかが見てみたいと思った。その上で、そうしたこと一切を笑い飛ばしてやりたかった。

以来、それまで親しくしていた同僚たちは、完全に私に距離を置き、話しかける者は誰もいなくなった。中島も何か言いたげな顔で遠くから私を見つめるだけだった。授業中水を打ったような不気味な静けさに包まれるのは、生徒達が私を警戒しているからだった。私は、ここの場所とも縁を切らなければならなくなったのだなと思った。

教育委員会の赤い絨毯の前に呼び出された私は、教職員課長とかいう青白い糸瓜のような顔をした胸板の薄い男から、「一歩前へ」と言われた。私の隣に同伴した校長の姿勢が緊張するのがわかった。これが、詐欺師達の世界の一端を形作っている中枢の姿だと思ったらおかしくて仕方がなくなった。

「どうして一歩前に出なきゃならないんですか。そちらから訓戒文書をこっちに持ってくればいいじゃないですか」咄嗟に私はそう口走った。

今までそんな対応をされたことがないと見えて、教職員課長とその脇で文書を渡そうとしている背の低い小太りな男の憮然とした顔が見えた。

「ああ、やっぱりそんなものはいらないから、その紙はそちらで処分しておいてください。私は、もうこの世界に残るつもりはありませんから」

私はそう言って用意しておいた退職届をジャケットから取り出して、教職員課長の所に歩み寄って手渡した後、慌てる校長を置いて、その場を立ち去った。

退職届を出して十日後に退職が受理された。私の給料の入る銀行口座には、二十五年勤めてきたにしては少なすぎる退職金が振り込まれた。「信用失墜行為」が絡んで減額されたのかもしれなかったが、私にはもうそんなことはどうでもよかった。私が職場を去る時には、誰も私の机に近寄ってては来なかった。これが、詐欺師達の世界に別れを告げた者の宿命なのだと思った。

それから一月後、私の自宅には、銀行の差し押さえが来て、家のあらゆる家具に赤い張り紙をした。差し押さえというにはあまりに礼儀正しい若い銀行員が、三人で甲斐甲斐しく働いていた。それでも私には慌てる気持ちはなかった。私の買った逗子のマンションにもそれはやってきた。輝かしい海の風景と別れるのは残念だったが、仕方のないことだった。彼らが帰る時に、私は「ご苦労様」と笑って声を掛けた。若い銀行員の一人が、私の言葉ににこりと固い笑いを返してきた。さぞ私を哀れんでいるのだろうなと思った。

負債が妻や親戚たちに及ばないようにするために、役所に離婚届を出すことにした。私の望み通り離婚が成立する瞬間もあっけないものだった。妻の実家に離婚届を持参した。役所に提出する書類には、もう既に私の署名と印鑑が押してあった。後は、聡子の署名と印鑑を押してもらうだけだった。

「こんなことになるなんて、考えていなかったでしょう」

署名をしながらそう言う妻の言葉を聞き流していると、

「あなたは、最後までとらえ所がなかったわね」

そこまで言って彼女の言葉が途切れた。

私は本当に久しぶりに妻の顔を真剣に見つめた。彼女の瞳の中に何かの光りが宿っているのを認めた私は、もう長い間お互いを見つめ合うことがなくなっていたことに気がついた。暫しの沈黙があったが、それも束の間のことだった。

「……ばかばかしい」

自分に言い聞かせるようにそう言って、彼女は顔を背けた。

署名と印鑑をもらうと、私はすぐに妻の実家を辞した。子どもが奥の部屋で義母に出て行くのを引き留められているのがわかった。そして、その足で私はものに取り憑かれたように、三つのサラ金に行って、三十万ずつ金を借りた。誰もいなくなった家に戻って、赤札だらけのリビングのテーブルの前に座り、借りた金を重ねて置いてみた。今ある自分の苦境は単純なことが原因なのだと思った。自分で蒔いた種には違いないが、金で全てが解決できることじゃないか。そう思ったら、他愛のないことを深刻に悩んでいるような気になった。自分にはもう何も失うべきものがない。この感覚は、かえって私の心持ちを軽くした。

プレちゃんががたんと籠の中で動いた。私は、腹の減ったプレーリードッグに餌を与えた。プレちゃんの動きがここのところ緩慢になってきたのは、私の境遇や家族のことを察したからだろうか。

「こうなることを私は初めからわかっていたのだ。私は、それを望んだのだから」

一人きりの部屋で、そう声に出して呟いてみた。私は台所の床下収納に置き忘れられた飴色に熟した梅酒の瓶を取り出した。まだ、半分ほど残っていた。準が腹痛を訴えた時、私は確かここからこの瓶を取り出して準に与えたことがあった。妻が留守の間のことだった。準はコップに少しだけついだ梅酒を舌で味を確かめながら飲んだ。

「パパー、これおいしい」

「準、これはお酒なんだ。お腹痛くなった時にしか飲んではだめだよ」

私はそう言って、準の頭を撫でた。準の腹痛は間もなく治った。そんなことを思い出しながら、私は梅酒を掌に注ぎ、何度も何度も舐めた。ふくよかな香りががらんとした部屋中に広がっていくような気がした。私は、それから静かに目を閉じた。深い海の底にいる誰にも知られていない生き物を思った。光の通らない暗い水の中で、水圧の力を借りて、海の底にへばりついている未知の生き物。ざわざわした音とともに、風の鳴る音が聞こえた。どうやら、外は雨になったようだった。この雨が、いつまでも止まないよう、心に念じながら、海の底の生き物が、やはり水面に降り注ぐ雨の音を聞くことがあるのだろうかと、そんなことを考えながら、私はいつまでもその場にじっとしていた。

山本文学について

宮原昭夫

この作者の作風は定まった、という気がします。

ジグゾーパズルの肝腎なピースが一つ欠けたような生活の中での、その日常の細部の一つ一つが、こよなく貴重なものとしてねんごろに拾い集められ、しかし欠落の中でそれらがいかにも危うく際どく保たれているという、はらはらするようなバランスのなかで、それらがいっそう光りだす。その典型が「さざ波」と「スタンド・バイ・ミー――」だとすれば、ある老後を書き手の想像力で緻密に構築し完結させようとしたかのような「夕暮れ時に」。これはひとたび欠落した日常の細部を補完しようとする、もう一つのベクトルかも知れません。

こうしたこよない日常の細部への視線は、「風景の女」では、日常の中で自分に正直になることで結果的に他人を傷つけたことを再び繰り返すまいとすればするほど、却って人々を傷つけてしまうという罪障意識へと主人公を追い込むことにもなります。

しかし、やがてそうした日常の細部を大切にする心は、裏返しになって、大切な日常を守るための努力が自分をがんじがらめに縛り付けているという意識として自分に揺れ戻り、その束縛感のピークで一気に自己破壊の衝動として開放される。それが「メール」でしょう。

こうして、いずれにしても、掛け替えのないものでありながらいつ失われてもおかしくない危うい日常の細部への、この作者の微妙で繊細な感性から、さまざまな方向へのアプローチがここまで生まれ、そしてこれからも生まれて来るのでしょう。

あとがき

一九九九年から、文芸誌「そして」にかかわり、以後、雑誌「そして」や『短篇集　そして』に掲載された作品を六編、掲載順に並べてみて、あらためてその作品を書いていた頃のことを懐かしく思い出しました。そして、考えたことは「小説」という器の途方もない大きさということでした。日常の中にちりばめられた些細な出来事が、その人の中にある何かに影響して少しずつ変化してゆく。だから、どんな小さなことにも意味のないことなどなく、全ては繋がっていて、世界の一端を形成している。私たちが過ごす毎日。樹木の枝に芽が出て、葉になり、繁り、色づき、落ちて、また芽が出てというように、変化し、繰り返される世界の様を一つの形にするということの難しさと、それ故の喜びを、私は「小説」という大きな器に教えられました。

高校の教員として長い間勤め、やっと一区切りをつけることができます。これまで培ってきたことを心に刻みながら、今後も一歩一歩、小さな日常を味わいながら小説を書くことで、残された道を歩き続けようと思うことができるのは、これまで文学の世界でお世話になった方々、職場で支えてくれた職員の皆様や生徒諸君のおかげです。

本書を出版するにあたり、文学について、また小説を書くことにおいて、これまで本当にたくさんの大切なことを教えていただき、数々の励ましのお言葉をかけてくださった宮原昭夫先生、三木卓先生から、これからの指針になる文をいただいたことに深く感謝申し上げます。

また、素敵な表紙絵を描いてくださった宮原青子氏、丁寧な校閲をしてくれた伏本和代氏、出版を引き受けてくれた冬花社の本多順子氏にこの場を借りてお礼を申し上げます。

二〇一七年一月

◉初出一覧

夕暮れ時に　雑誌「そして」11号　二〇〇一年
さざ波　雑誌「そして」13号　二〇〇二年
ミュウ　『文芸誌「そして」にかかわった作家たち No.1』二〇〇三年
風景の女　『文芸誌「そして」にかかわった作家たち No.2』二〇〇四年
スタンド・バイ・ミー　『文芸誌「そして」にかかわった作家たち No.4』二〇〇六年
メール　『短篇集 そして No.5』二〇〇七年

山本　洋◉やまもと　よう
一九五六年生まれ
一九九八年　第二回そして文学賞佳作
著書『短篇集　バックミラー』

スタンド・バイ・ミー

発行日　二〇一七年三月三十一日
著者　山本　洋
発行者　本多順子
発行所　株式会社 冬花社
〒二四八－〇〇一三　鎌倉市材木座四－五－六
電話：〇四六七－二三－九九七三
http://www.toukasha.com

印刷・製本　モリモト印刷

ISBN978-4-908004-16-2